風味絶佳

山田詠美

FŪMI ZEKKA BY AMY YAMADA

文藝春秋

目次

絵（表紙・章扉）　福井紀子
装丁　斎藤深雪

風味絶佳

間食

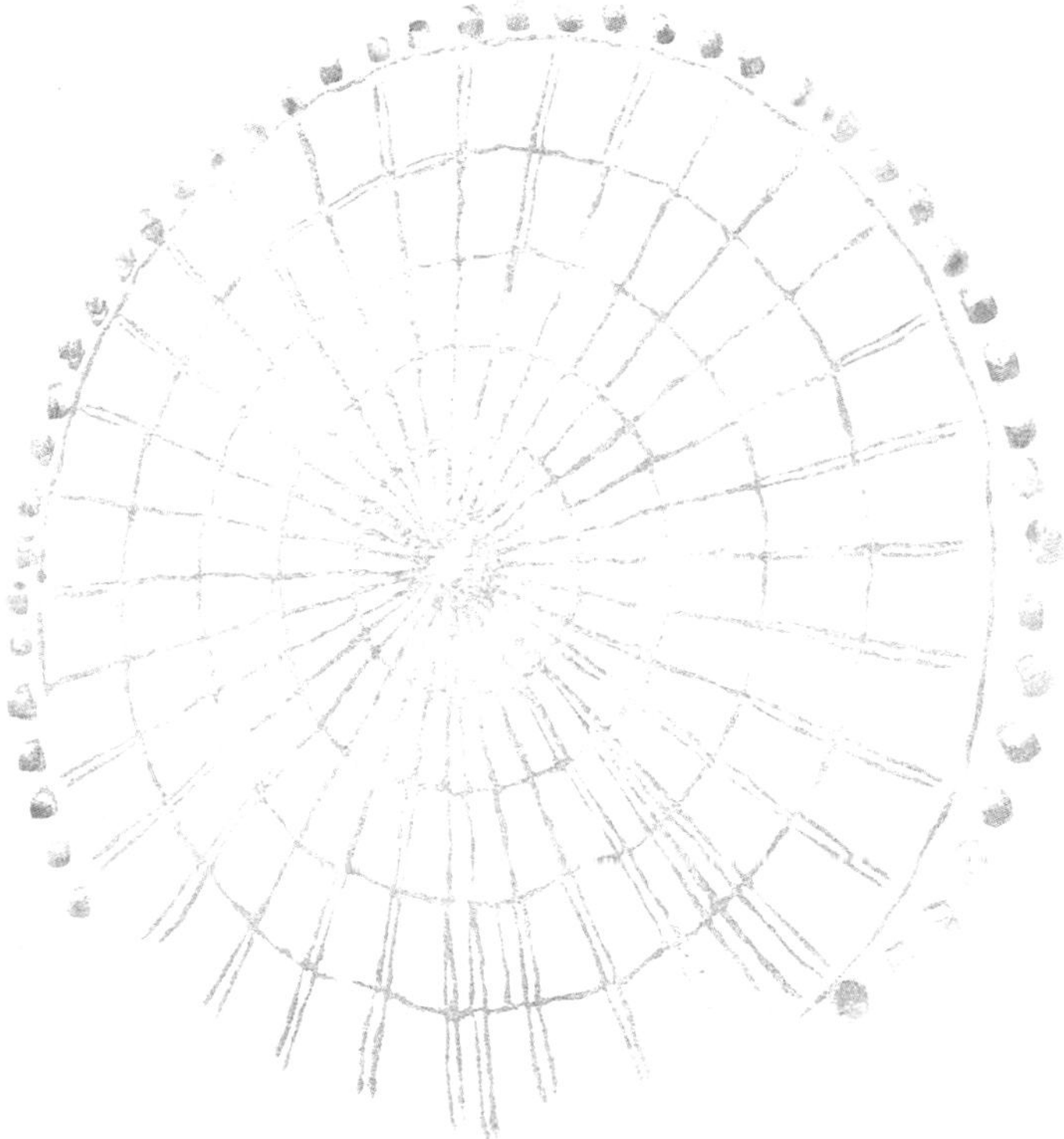

死体の作り方なら、小さな頃から知っていたよ、と花は言う。昼寝をしている母親の顔に白い布巾をかけて遊んでいたのだそうだ。もうしない。若い頃の話だと、彼女は続けて笑いをこらえる。若い頃だって、と雄太は思う。まだ、はたちを越したばかりのくせに。白い布をかぶせただけじゃ死なないって解ってからは、無駄な抵抗は、もう止めた。それに、本当に死んじゃったら困るでしょ？　本当に死んでしまったら困る人。彼女の言葉に彼は頷く。それでも、時折、そういう人の死を誰もが願う。本当に死んじゃったら困る人。

雄太は、ベッドに横たわったまま、花を背後から抱き締める。小さくて柔らかい塊。縫いぐるみを抱いて寝る女の子の気持が良く解る。腕の中にいれるために存在するもの。頬をこすり付けて、自分の匂いを移すためにあるもの。噛んだり、羽交い締めにしたり、つねったり。可愛がりたい気持が行き過ぎて、ついそんな行動に出てしまいたくなる対象。

花の体は、あちこちに脂肪が付いていて良くはずむ。おやつを欠かすことなく食べて来た体だ。それも、きちんと親の手で作られた甘い菓子。グローブのような鍋つかみをはめた母親の手がオーヴンを開ける、そういう経過を辿った末の間食。

眠くなったと言って、花は目を閉じ、すぐに寝息を立て始める。見ると、半開きになった彼女の唇からは、もう唾液がこぼれている。指で拭ってやると、きゅんとすぼまる。ゆでた小海老のようだと、雄太は思う。おもしろくなって、いつまでもいじる。唇は条件反射のように指に吸い付き、音を立て、それを耳にすると、部屋に満ちて来た幸福の水位は上がる。しばらくの間、彼は、そこにたゆたう。自分の体の内から、何か温いものが絶えず湧いて、流れ出て行くのが解る。彼女に注いでも注いでも飽くことのないもの。部屋は安らかに満たされて行き、その完璧さを確信した時、彼は、帰り支度をして外に出る。

明日こそ学校に行かなきゃ、と花は言っていた。彼女の口から学校という言葉を聞くと、雄太には、まるで、それが彼女の通う大学などではなく、小さな子供たちが通う場所のように思われる。幼稚園でも、小学校でもない、小さな心もとない者たちが集うところ。彼の目の届かない口惜しい囲いの中。学校か。彼は、ひとりごちる。自分は、そう呼ばれるものを、手なずけることがなかった。二十六にもなって、学ぶべきことを学んで来なかった。そう言われたことがあった。でも、学ぶべきこと、なんて、本当に必要なんだろうか。

ただ感じるだけじゃあ、いったい、なんだって駄目なんだろう。すべては、口伝え程度で事足りる。花の部屋にだって、携帯電話を手にしたまま辿り着けた。そして、道筋を間違えることは二度とない。彼女を初めて抱いた時だって、なんなくこなした。背中に欲望分の重しが載せられ、倒れ掛かった。それで充分だった。女の子の抱き方なんて、学んだこともない。丸々として、つやつやと光るものをみたら、誰だって齧り付きたくなるだろう。雄太はそうなる。そして、花に、そうなった。

雄太は、肉付きの良い花を、いつもからかっていた。だって、本当に仔豚みたいなのだ。雑貨屋の店先で、ピンクの豚の置き物を見つけたりすると、買って行って、おまえ売ってたよ、と得意気に言う。彼女は、少しの間、拗ねて口もきかないが、やがて笑い出して、彼に突進して来る。ぶつかるその体は、案外軽くて、彼はびくともせずに受け止めて、彼女を床に押し倒す。誰に教えられた訳でもないのに、そこで服を脱がせて良い気分にしてやることを、彼は知っている。とんかつ屋の前を通り過ぎる時、その看板に豚の絵があれば、隣にいる彼女に言う。親近感持たねえ？　とかなんとか。彼女は頬を膨らませて不貞腐れる振りをする。彼は、待ってましたとばかりに、その頬を手ではさんでつぶす。そして、そのまま口づける。決して怒っていたのではないことが、背中に当てられた彼女の手で、それがTシャツをつかむのを感じることで。解ってしまう。

ねえねえ、今月号は、あたしの大特集だよ、と花が言って、雑誌を差し出したので、こんなにもちびで丸い女がモデルなど出来るのかと見ると、それは料理雑誌だった。表紙には、こんがりと焼けた骨付きイベリコ豚のローストが載っていて、特集のタイトルは「一級品のブタ」。自分から、そんなことを言っては駄目だと雄太は言った。言っているそばから、何やらやるせない気持になり、不思議なことにこみ上げるものがある。無理に笑いながら雑誌をめくる彼の背後から、おぶさるような格好で、彼女は抱き付いたままだ。長い髪のすじが彼の肩を流れ、キャンディを含んだ彼女の口許から息が洩れて首筋をくすぐる。雑誌には、芳しい匂いがそのまま立ちのぼるような料理の写真が載っている。途端に彼は空腹を覚える。二人で行った海で灼けたままの彼女の腕が、首をしっとりと締め付けて、それらは視界に入る。彼は、肉の中で豚が一番好きだ。特に、脂身がうまい。


足場が上がるたびに、どんどん空を好いてく気がする。昼食の弁当を頬張りながら呟く雄太を、鳶職仲間の寺内が興味深げに見て、言った。

「空を愛でる、なんて、きみ、詩的だね」

今度は、雄太が寺内を怪訝な顔で覗き込む。前から思っていたが、変な奴だと雄太は思う。不気味な気さえする。彼は、人のことをきみと呼ぶ人間を寺内以外には誰も知らない。

町場の鳶から独立した中学時代の先輩の中川が、小さな建設会社を設立したのは三年前のことだ。赤帽のアルバイトを辞めてぶらぶらしていた雄太が、久し振りに会った中川に拾われた形で、中川とび建設会社に入ってから一年が過ぎた。雄太よりも、三ヵ月程早くそこで働き始めた寺内を紹介した後、中川は言った。

「飲み込みも早いし、性格も良いんだけど変人でさ、浮いてんだよね」

本人を前にしてそれはないだろうと、雄太が見ると、寺内は、ただ微笑んでいる。こいつは頭のぬくい奴なのか、とその時は思った。けれども、一緒に時間を過ごす内に、そうでもないことが解って来た。仕事仲間は寺内を敬遠していたが、雄太は何かにつけ彼に近寄った。興味があったという訳ではない。芝居や音楽をやるための生活費稼ぎと割り切って働いている連中は、見ているだけで鼻持ちならない気がしたし、まだ二十代の社長にいいように使われている四十のおやじは情けなさが漂っていて口をきく気がしなかった。悪いのが勲章とばかりに、いきがっている連中の仲間に入って行くには、自分は、もう年を取り過ぎていると感じた。筋金入りの鳶は、彼のことなど相手にしなかった。ちょっと、寂しいじゃん、おれ。認めたくはなかったが、彼は、ひとりで心もとないのだった。そう感じる時に決まって、寺内の姿が目に入る。

寺内は、いつもひとりでいた。雄太とは違い、彼自身がそうすることを選んでいるようだった。午前十時の休憩時間にも人の輪を離れて現場の片隅で文庫本を読んでいた。昼食もひとりで取りに行っているようだった。そして戻って来ると、作業が始まるまでの短い時間に、また本を広げた。あるいは、ぼんやりと考えごとをしていた。そして、午後五時になると、皆に挨拶をして、すみやかに立ち去る。その挨拶があまりにも礼儀正しいので、皆、一瞬ぎょっとする。けれども、彼が、あまりにも人懐っこい笑顔を浮かべるので、全員がつい同じように挨拶を返してしまうのだった。そして彼の姿が見えなくなるのを確認して、誰かが口を開く。

「変な野郎だな」

「いつもにこにこ、気味わりい」

「けど仕事は出来るよ。ラチェットの使い方なんか、プロだし」

「あれ程、七分の似合わねえ奴もいねえけどな」

「何もんなんだ、あいつ」

何もんなんだ。ある日、雄太は、その質問を寺内にぶつけてみた。昼休みが始まろうとする時刻だった。

「ぼくは、何者でもないよ」

寺内は、いつものような穏やかな笑顔を雄太に向けて答えた。

「なんでトビなんかなったのよ」

「この仕事が好きだからだよ」

そう素直に答えられても困る、と雄太は思った。後が続かないではないか。言葉に詰まった彼に、今度は、寺内が尋ねた。

「どうして、そんなことを聞くの？　ぼく、そんなに、この仕事似合わないかな？」

「うん。全然」

「そうかな。でも、きみも似合ってないみたいだけど」

言い当てられたような気がした。実は自分は高い所が苦手である。この仕事に就いてから、それに初めて気付いた。困った、と思った。高い所に行けなきゃ金になんない。それよりも、中川に知られたら首になるかもしれない。インストラクターを誤魔化すことは出来たのだが。

「昼飯、一緒に食わねえ？　いつも、どこ行ってんの？」

「行きつけのお蕎麦屋で良かったら」

品の良い蕎麦屋だった。丼物がないので、当然中川の人間はいなかった。

「うまいけど、高くねえ？　量も少ないし」

「大丈夫だよ」

蕎麦を半分も食べた頃、頼んでもいないかやく飯が大きな茶碗によそわれて登場した。寺内は、いつもすいません、と丁寧に礼を言い、当然のように茶碗を受け取った。雄太は、声をひそめて尋ねた。

「これ、何?」

「かやく御飯じゃないか」

「そりゃ解るよ。なんで、頼んでもいないのに出て来んの?」

「おかみさんが気をつかってくれてるんだよ。こんな格好してるから、肉体労働者で、すごい空腹だって解るんだよ。ありがたいことだね」

「知り合い? 親戚のおばちゃんか何か?」

「え? ぼくは、ただの客だよ」

やはり、変な奴だ、と雄太は、まじまじと寺内を見た。何故、こんなにも疑いなく親切を親切として受け入れることが出来るのか。視線に気付いた寺内は、自分のかやく飯を半分、雄太の茶碗に移した。

「これなら、きみも大丈夫なんじゃない?」

「その、きみってのは止めてくれねえかな」

「え？　じゃあ、どう呼んで欲しいの？」

「雄太でいいよ」

「それじゃあ、まるで特別に親しいみたいじゃないか。いくら御飯を分けてあげたからって」

寺内は、苦笑を浮かべて言った。

「でも、御飯半膳ぶんだけ、きみのことを名前で呼んでもいいよ」

意味が解らない。解らないまま一年がたった。そして雄太は、こんなつき合いもまたあり、とすっかり寺内と親しい気になっている。


家に帰ると雄太の予想通り、加代はもう夕食の支度をして待っている。不動産屋の事務の仕事が終わるやいなや、夕食の買い物をする以外、どこにも立ち寄らずにここに戻って来るのだろう。そして雄太の好物を作る。丁寧に出汁を取り、灰汁《あく》をすくい、野菜の面取りをする。地味ながら手間をかけた献立。彼は、この部屋で、ひげ根の付いたままのもやしを食べたことがない。そのことを当然のように受け入れている。けれど、定食屋の野菜炒めに入っている雑に処理したもやしも、当然のように咀嚼する。花のところではどうかと言えば、彼女は料理を作らない。

十五も年上の加代とどういうきっかけで暮らし始めたのかと良く聞かれるけれども、雄太は明確に答えることができない。部屋を捜すために不動産屋を回った。金のない彼には、彼女の部屋が、一番、得な物件だったということ。それを言うと友達は笑う。ひでえ奴。自分でもそうかなと思う。けれど、彼女を利用しようなんて気持は、はなからなかった。面倒を見てもらおうなどとは考えたこともなかった。ただ、自分は彼女と暮らすべきなのだと感じただけだ。一緒に住もうと言われてその気になった。大切にしてあげる。そう言われた。嬉しかった。彼女が嬉しがらせたいのは彼女自身だったのだと気付いたのは、ずい分、後のことだ。

食事がすむと、加代は西瓜を切った。彼女は食後に、いつも雄太の好きな果物を用意する。それは、季節の移り変わるのを感じさせ、彼は、子供の頃に思いを馳せる。夏休みの西瓜。庭に吐き出した種。プール帰りで体はだるい。まだ終わらないのかと疎ましく感じる長い休み。横になると、畳はひんやりと彼の体を受け入れる。途端に眠気はやって来て、心地良さに目を閉じる。安心する。全身が落ち着いて行くのが解る。心配事など何もなくなる。横たわると、しばし地球に愛される。ちっちゃな時、地球と畳の区別がつかなかった。それでは今、その違いが解るのか。体の一番下が触れる場所は、やはり地球だろうと、そう思う。触れる面積の大きさにより、地球の広さも変わり、寝そべると、体の下では、これ以上望むべくもないたっぷりとした安息が、彼を待ち受ける。

西瓜は赤い。赤いだけだ。加代が雄太にそれを差し出す時、種はもう取り除かれている。食べやすい。面倒がなくていい、と思うものの、果肉の中に、取りそこねた黒い種を見つけると何故か楽しくなる。彼女と暮らし始めてから、自分は不思議な事柄をおもしろがっていると思う。洗濯してたたまれる前のシャツの袖に腕を通した感触やら、風呂の湯に浮かんだ髪の毛などに笑いを誘われる。いつのまにか欠けたカップの縁。インクの出なくなったボールペン。彼は、そのことを言わない。言ったら、カップは捨てられてしまうだろうし、ボールペンは、すぐに補充される。彼が不便を感じるものは、すべて消えて行く。それがどうして嫌なのかは解らない。あ、大変。彼女は、そう言って、すみやかに対処する。はなをかんだティッシュペーパーを、彼はごみ箱に捨てたことがない。自分がするまでもなく、彼女が捨ててくれるからだ。気のつく女。自分のためならなんでもする。西瓜を齧ると赤い汁がたれる。でも、彼は、もう自分で拭う必要がない。甲虫やくわがたを呼び寄せようと食べ終えた皮を庭の隅に置きに行った自分が、昔、いた。どのくらい昔だったかも、もう解らない。皮は、彼女が捨てる。猩猩蠅が湧く暇もない。

加代は雄太を隅から隅までいつくしむ。彼に何の不自由もないように、いつも心を砕いている。食べること。眠ること。セックスをすること。それらはもちろん、そこの隙間も細々とした世話で埋めて行く。体の領分だけでなく感情の取り扱いも怠らない。仕事やら友達づき合いが原因で、腹を立てて彼が戻る。すると、彼女は彼を抱き締めて言う。あなたは悪くない。本当にひどい人たちね。彼は落ち着いて、その胸に顔を埋める。好きな匂いがする。それを嗅いで、味方は、この人だけだと彼は思う。自分は、いつだって悪くないんだ。ひどいのはあいつらだ。だって、加代が、そう言うんだから。怒りが消えて気恥しくなると冷たい態度を取ってしまう、そのことが予測出来ているのに、今は、ただ甘えた子供に成り下がろうと思う。

寝床の中で、二人は色々なことをする。加代が教えた。そして、雄太は教えられる程の体を持っていた。抱かれることに熟知すると抱き方も解る。何も学ばない訳じゃない、と彼は思う。彼女だけは、とても自然に学ばせてくれる。荒々しく丁寧。素っ気なく執拗。相反する行為の中からしか快楽は生まれないという、そのことを。痛みと心地良さは似ている。似ているけれど、違う。表情を作っているのがどちらなのだろうと目をこらすと、ふと、死んでいるのも眠っているのも同じだなあなどと思う。見分けるのは難しい。でも、すぐさまそれが出来るような目利きになりたいものだと、彼は、ぼんやりと夢を見る。絶対に離れて行っちゃ駄目なんだから、と彼女は言う。あなたは、私がいないと駄目なんだから。そうかもしれない。この女だけは、どんなことがあっても、自分を守ってくれる。なんの損得もなく、自分を庇ってくれる。可愛いと思ってくれる。許してくれる。頭の中にそういう言葉が押し寄せる時、彼は射精して、いつのまにか精液は、西瓜の汁のように拭われている。

それは、高所恐怖症なんかじゃないと思うよ、と寺内は言った。ひょっとして、きみ、高い所が苦手なの？　と尋ねられたから、実はそうだと正直に答えた。雄太は高い足場から地面を見降ろす時、あそこに戻りたいと強烈に思う。今ならまだ間に合うんじゃないか。その自身への問いかけが猶予を許し、ぐずぐずしていると親方と呼ばれる熟練者の怒声が飛ぶ。ようやく覚悟を決める。ポケットの中のスケールを握り締めて上を向く。ヘルメットの重みは、彼をのけぞらせ、広がる空を見せつける。すると、突然、恐さが消える。ホルダーに付いた釘袋が音を立てて彼をせかす。解っている、と彼は思う。早く行って可愛がってやるから。すると、漠然と彼を取り巻いていた空気は、はっきりとした感触を携えて皮膚に触れて来る。よしよしと汗を流して応える。この時、彼は感じる。寺内の言葉を借りるなら、今、自分は確かに空を愛でている。

「それなのに、一番上の足場まで行き着くと降りたくてたまらなくなる。早いとこ降りなきゃやばいんじゃないかって思うんだよな。冷汗だよ、そうなると。降りて落ち着きたーいって、そればっか」

「降りたいって、思うんでしょ。だったら大丈夫だよ」

そして、寺内は続けたのだ。高所恐怖症なんかじゃないと思うよ、と。

「高所恐怖症って、上にも下にも行けなくなっちゃうんじゃないの？　どっちかに行きたいって気持も消えちゃうんだと思うよ。ただ足をすくませてそこにいるだけ」

「穴掘って基礎作ってる時は、早く材料組んで上行きてえって思うし、仮設まで行く頃には、下に戻って落ち着きたくてたまんなくなるし、そこにいるだけでいいって思えない。要するに、おれって、中途半端がやなのかな？　落ちるのも恐いし、下でしょぼくれてるのも嫌だ」

「落ちるのが恐い人は落ちないよ。それに、下で退屈する人は、必ず登れる」

雄太は、寺内のこういう言葉を聞くたびに、自分の世界とは違うところにいる人間のことを思う。その数は予想する以上に沢山いて、けれども、自分や友人と関わり合うことは滅多にない。この現場が接点になったのは、奇跡のようなものなんじゃないかと思う。寺内は、変人扱いされているけれども、物怖じしないし、人当りも良い。自分が周囲にどう思われているかなど、一向に意に介さないというように行動している。言われた仕事はひとつひとつ確実にこなし、そつがない。自分のように余計なことを考えたりしないのだろう。馬鹿みたいだと思う朝のラジオ体操も、まるで夏休みの子供みたいに真面目にやっている。

「おまえ、上に行く時、最初っから恐くなかったの？」

雄太の問いに寺内は下を向いて笑った。

「全然恐くなんかなかったよ」

「すげえな。こういう仕事初めてなんだろ？」

「うん、まあね。でも、ぼくみたいに恐がんない人間は、いつか落っこちてしまうかもしれないね」

「よせよ、そんなこと言うの。安全帯付けてるから平気だって」

「うっとうしいんだよね、あれ」

なんとなくぞっとした。暴れる人間は山程見て来た。でも、どうということもなかった。雄太は、そういう奴らを相手に喧嘩をして来たから良く解る。本当に恐いのは暴れない奴だ。その恐さは、見たこともない幽霊の話に背筋を震わせる、そういう類のものだ。触《さわ》れない人間は恐い。それが外側であっても、内側であっても。そう感じながらも、寺内と話していると心が鎮まる。自分のいる場所が世界の中心。寺内は、そんなふうに振る舞う。落ち着き場所を捜して、いつもとまどっている自分とは大違いだ。他人の思惑など関係ないという様子で、本を開く。飯を食う。話しかける雄太には応える。そのくせ、ひとつの自己主張もない。あらかじめそんなものを捨てているかのように、しんとしてそこにいる。現場の粗野な人間たちの間だからこそ、変人として目立っているが、そうでない所では、誰の目にも映らないまま存在するのではないか。まるで自分を消す術を習得したかのように。

ある時、新しく現場に来た暴走族上がりの若者が、寺内に絡んだ。自分を見て馬鹿にしたように笑ったと言うのだ。寺内の体を押して、そいつは凄んだ。殺されてえのか。すると尻餅をついたまま、寺内は言った。

「殺したいんですか?」

若者は不意をつかれたかのように、言葉を詰まらせた。

「もしそうなら、どうぞ」

見物人たちから笑いが洩れた。中川が、会社のワゴン車の中から、いい加減にしろと怒鳴った。若者は、不貞腐れたように寺内の下半身を二、三度蹴って捨て台詞を吐き、その場を立ち去った。寺内は、何事もなかったかのように立ち上がり、七分に付いた足跡を手で払った。雄太は近寄って、大丈夫かと尋ねた。寺内は頷き、何がおかしいのか、くすくすと笑い続けていた。

「ああいう人たちって、死ぬとか殺すとかって言葉を、まるでスナック菓子みたいに使うね。安くていいや」

「マジで言ってる訳じゃねえんだから」

解ってる、というように片手をひらひらさせて歩き出した寺内の後ろ姿を、雄太は、ぼんやりと見詰めた。紺色の足袋が、何故か不吉に目に映る。後に付いて歩いて行くと、寺内は、あ、そう言えば、と振り返って雄太に尋ねた。

「きみは、人を殺したいと思ったことある？」

唐突な質問に面食らい、雄太は口ごもった。

「なんだ、それ」

「ぼくは、いつもそう思ってるから」

「……誰を？」

「世界じゅう全部の人」

雄太は吹き出した。

「有り得ねえ！　戦争でも起すのか……って言うか、おれにも死んで欲しいってんじゃねえだろうな」

寺内は、うーんと考え込むような仕草をした。おい、待てよ。雄太は、呆気に取られる。

「雄太は、ちょっと嫌かな。でも、世界じゅうの人を殺すのなんて、案外簡単なんだよ」

「こえーこと言うなよ」

「雄太は恐いものがいっぱいあるんだね。ぼくにも沢山あるんだけど、きみとは全然違うものみたいだ」

それ、なんだよ、教えろよ。雄太は、気味の悪い奴と思いながらも、寺内から目を離せない。いっぱいある恐いもの。なんだろう。彼は自問する。高い所。お化け。痛いこと。実は、爬虫類。でも、日々の流れが中断されることが一番恐い。だからと言って、どうすることも出来ない。行ったり戻ったり、上がったり降りたりをくり返すだけ。ちょうど、この仕事みたいに。その中間地点で出会ったおかしな男は、自分を立ち止まらせている。こんな会話、交わしたことない。役に立たない。それなのに、気を引かれて、後、追いかけている。

「空も地面も好きだなんて、きみは八方美人だねえ」

寺内は、空を見上げてのんびりとそう言う。馬鹿じゃねえか、こいつ。

雄太は、風呂場で花の髪を洗ってやるのが好きだ。彼女の髪は細く長くてシャンプーは良く泡立つ。爪を立てないように地肌を洗っていると、いつのまにか集中する。ついでに体も隅々まで洗ってやる。一心不乱に花を磨いているのは楽しい。出来るなら汚れたままで限界まで放って置いて、みすぼらしい姿になるまで待ちたい。きっと彼女は、捨てられた猫のように彼を見るだろう。そうしてから、彼は、おもむろに洗う。丹念に洗う。いつのまにか、自分がいったい何を洗っているのか解らなくなる。洗い上げて、さっぱりとした彼女が見たいのか抱きたいのかと言えば、そうでもない気がする。自分は、ただ洗ってやれるものが欲しいのだ。そして満足気な声を聞きたい。きゅう、でも、にゃー、でも、気持いい、でも。それを耳にしたら、今度は彼が言う。よしよし、良い子だ。

花は、可愛がられることに慣れている。父親は、進学のために東京に出て来た彼女を心配して、毎日電話をかけて来ると言う。もう、しつこくて嫌になっちゃうと、さして嫌でもない表情で雄太に訴える。ひとり暮らしが実現して、ほんと嬉しい、田舎にいる時は息が詰まりそうだったんだから。ママはママで、しょっ中宅急便を送って来るんだよ、あ、このメロンもそう。夕張メロンは熟れていて、スプーンですくって口許に持って行ってやると、するりと唇の中に滑り込む。同じスプーンで彼も食べる。ふと思いついて、そのまま彼女に口づけると、当り前のように彼の口の中のメロンを啜り込むから、舌の上には甘味だけが残って頼りない。あたしの友達に、瓜アレルギーの子がいる、と彼女は言った。メロンも西瓜も胡瓜も駄目なの、窒息しそうになるんだよ、こんなにおいしいのにね。へえ、と雄太は思う。ここまでかぐわしい甘い塊で喉を詰まらせて死んだら、どんなに幸せなことだろう。

本当のことを言うと東京に出て来たばかりの頃は心細かったから、雄太に会えてラッキーだったと花は彼の胸に鼻をこすり付けた。右も左も解らない彼女の手を引いて、彼はあちこち歩いたものだ。まるで修学旅行の引率みたいだと、彼は苦笑した。そう言えば、自分は修学旅行になんて行かなかった。わざと病欠の届けを出して積み立て貯金で遊び歩いた。あの自分が、もう人を引率出来る程に大人になった。少し誇らしい気持で渋谷を歩いていると、彼女は、わーいここが渋谷なんだあ、とうとう来たぞなどと無邪気に喜んでいる。ひとりで来ちゃ絶対駄目だよ、すごく危ないんだから。そう忠告すると、どうしてどうして、全然平気だよ、と口をとがらせる。やばい奴らがいっぱいいるんだから、と言い聞かせていると、顔馴染みの男が向こうから歩いて来たので隠れた。実は、自分が一番やばい奴だったなんて知れたら、彼女は恐がるだろう。まあ、昔の話だけれど。

学校にも慣れて友達も出来始めてからずっと、花に対する心配の種は尽きない。親の金で遊んでいる大学生の男なんてろくなもんじゃないだろうから、目を光らせてなきゃなんない、と思うと、どうしても厳しくなる。いい子たちだよお、と彼女は不平を言うけれども、この子にまだ見る目なんてありっこないと雄太は気を引き締める。コンパの日なんて気もそぞろだ。何度も彼女に電話を入れているのに、携帯電話に電波は届かず、それでもかけ続けているので、加代に不審がられてしまい、おかしいなあ、中川さん電話してくれって言ってたのに、と言い訳をする破目になる。いったい、どうしたんだ！　ほとんど捜索願いを出したい気分になる頃に、ようやく電話が入って、今帰って来たとこ、会いたいよう早く来て、なんて酔っ払った声で言う。まったくひどいことだ、と思い、彼はお仕置きのために家を出る。こんな遅くに出掛けるなんて、仕様がない不良ね、と諦めたような加代の言葉が追いかけて来る。不良？　いつの言葉だ。

うちの彼氏トビなんだあって言ったら、皆、格好いいじゃんだって。自分のこと、うちなんて言うなよ、とたしなめるが悪い気はしない。職人と言われる程の仕事はしていないけれど、毎日真面目にお勤めしている。ねえ、今度、この部屋にも足場っていうの？　それ組んでよ、と花は変な提案をする。何のためにと尋ねると、物を置くの、パイプで組んだ棚なんてセンスあると思わない？　雄太は、かっとなり、思わず彼女を殴ってしまう。一度手を上げたら止まらなくなり、二度、三度と続けてしまう。ごめんなさいごめんなさい、と彼女は頭を抱えてうずくまったので、可哀相になり、今度は抱き締めてやる。そういうことを言っちゃ駄目だ、と頭を撫でてやると、うんうんと何度も頷いている。涙でぐしょぐしょになった花は、いつ見ても可愛い。

一年もすると、友達との夜遊びにも飽きたと見えて、花はすっかり大人しくなり、二人の時間は、ますます濃度を増して来た。厳しくしつけた甲斐があったものだと、雄太は、満足せずにはいられない。もちろん厳しいだけじゃない。叱った後には優しく慰めて抱いてあげるのが信条だ。花にしかしないんだよ、こんなこと、と啜り泣く彼女に囁いてやると、ほんと？　雄太は、ほんとにあたしを愛してるんだね、と今度は、泣きながら笑う。悲し涙が嬉し涙に変わるのを見届ける程、冥利に尽きるものがあるもんか、と彼は、自分の方こそ泣きたくなる。この手の中のもの、離したくない。さっきも殴っちゃったね、痛い？　と聞きながら痣を撫でると、声をあげる。それは、シャンプーの心地良さに洩れる声と似ていてあどけない。まだまだ子供だ。瓜アレルギーじゃなかったのは残念だ。もしもそうだったら、甘いメロンを喉に詰め込んで、いっそ殺してしまいたい。

溢れちゃいそうな気がする。そんなことを腕の中で呟くものだから、何が？　と雄太は尋ねた。あたしに注いでくれる雄太の愛情のことだよ。嫌なの？　と不安になってうかがうと、全然嫌じゃない、とうっとりして答えたから安心した。もっともっと、と言うので、解った、もっともっとだね、と引き受けた。この余裕。自分が偉い人間になった気がして仕方ない。欲しくてたまらなかったものにようやく手は届いた。好きだ。

それなのに、こんな事態になろうとは。どうして、子供が出来たから生むつもりだなんて言い出すのか、と雄太は混乱している。絶対に生む！　と意地を張るので殴ったら、頬を押さえたまま、花は泣かずに彼をにらんでこう言った。雄太の子供だよ、可愛がりたいじゃん。可愛がりたくて可愛がりたくて仕方がないんだよ。そんなこと言って、おまえの親が許さないだろうと呆れ果てると、パパはあたしの言うことなんでも聞いてくれるもん、とふくれて横を向く。あたしがかけられた愛情、ぜーんぶこの子に与えてあげたい。彼の思考は停止してしまって、もう、どうして良いのか解らない。殴って言うことを聞かせる意味なんて、失くなってしまったような気がする。そんな彼の気も知らないで、雄太とあたしの子、可愛いだろうな、わーい、だって。鼻の穴を膨らませて喜んでいる。やっぱり仔豚みたいだ。こんな顔見ちゃって、もう豚肉なんて、食いたくもない。

暴走族上がりの男の名は阿部といった。寺内といつも行動を共にしているせいか、雄太を敵視しているように見えた彼だったが、やがて、へりくだった態度で接して来るようになった。雄太が暴走族時代のリーダーの先輩だと知ったと彼は言う。雄太の育って来た世界には、先輩後輩に重要な意味を見出す人々が多いのだ。尊重したい、されたい。その思いが、そこでしかまっとう出来なかったからなのか。上下関係は、いつのまにか、自分自身で認めたという自負にすり替わる。阿部のリーダーとか呼ばれる奴は、おまえなんか十六号線だけで走ってろと、渋谷で叩きのめして以来会ったことなどないのだが。ただの幼な馴染みという印象だけしか残っていない。

それなのに、阿部は機嫌を取ろうとして雄太に話しかけるものだから、寺内にも近寄らざるを得ない。寺内は、いつもの調子で屈託なくそこにいるので、阿部は、子供じみた悪意を表わすのも馬鹿馬鹿しくなったらしく、いつのまにか友人のように振る舞い始めた。

「あの人は、どうして、ぼくたちの所に来るようになったのかなあ」

寺内は、軽口を叩いて立ち去る阿部を見て言った。

「あいつの恐がってる奴が、おれを恐がってるから」

「へえ」寺内は新しい発見をしたかのように、目を見開いた。

「恐怖の連鎖なんだね」

へえ、と今度は、雄太が感心する。そういうことなのか。

「おまえ、おもしろいこと言うな」

「だって、そうじゃないか。人とのつながりって、何か共通のもので、どんどん続いて行くでしょ？　食物連鎖って知ってるでしょ？　それみたいな気がするんだよね。でも、人間は、おやつ食べるから動物とは違うかも」

「おやつ？」

「うん。腹の足しにならないもの。おやつはいいよね。雄太は、何が好き？」

「ガリガリ君」

「それ、どういう人？」

アイスキャンディだよ、馬鹿。寺内といると本当に調子が狂う。でも、恐がりの連鎖って言葉は初耳で愉快だ。寺内が何を好きなのかは知っている。午前十時の休憩時間に、珍しく寄って来て、置いてあった饅頭に手を出した。差し入れてくれた土建組合の仲本さんが、現金だねえと笑った。本当かどうか知らないが、日本一高い饅頭なのだそうだ。花園万頭はおいしいですよね、と寺内は、ゆっくりと味わって目を細めていた。あんこが、よっぽど好きなんだな、と雄太は、彼のうっとりとした表情を見て思ったものだ。

阿部も寺内のその様子を目にとめていたのか、時折、休憩時間にコンビニエンスストアの大福などを買って来て、彼に渡していた。

「ま、これからもよろしくってことで」

寺内は、愛想良くそれらを受け取っていたが、昼食に向かう道すがら捨てていた。雄太が咎めると、彼は肩をすくめて言った。

「強制されるとおやつって食べたくなくなっちゃうんだよね」

「ひでえ。一応気持じゃん。あいつ、おまえに何かと仕事中面倒見てもらってるし」

「甘くっておいしいものって不意打ちじゃなきゃありがたくないよ。それに、ぼくは、面倒見てるつもりなんてないよ。足手まといだから教えてるだけ」

不意打ちの甘いものは確かにありがたいけれど、と雄太は思う。決まった時間にそれが用意されているのは悪くない。自分に対してそうしてくれる人を小さな頃は待ち望んでいた。

ふと加代のことを思い出したので、寺内に話してみた。面倒見の良いずい分と年上の女。その女に世話になっている自分。陳腐な話だと思いながらも、話し始めたら止まらなくなり、花との関係も打ち明けてしまった。口にしてみると、いかにもありきたりな男女の三角関係に自分がいるような気がして、雄太は、後悔した。

ところが、寺内は真剣に耳を傾けていた。こんな話に親身になってくれているのかと、雄太は、ばつが悪いような気分だった。

「まあ、聞き流しといてよ」

「え？　おもしろいじゃないか、その話。で、加代さんて人は、誰に可愛がられてるの？」

雄太は絶句した。そんなこと、考えたこともなかった。て、言うより、いないだろ、誰かなんて。

「そう？　でも、前にはいた筈だよ、加代さんをうんと可愛がっていた人。きっと、どこかで断ち切られてしまったんだろう。溜ってたんだなあ、たぶん。雄太に会ったのは運命だったのかもしれないよ」

「運命⁉　うえーっ、おれそういうの解んねえ。こっぱずかしくねえ？　そういう言葉使うの。それに溜ってたってさあ、男じゃないんだから」

寺内は笑った。

「きみも溜ってたから、花ちゃんって人に行っちゃったんでしょ？」

それは違う、と雄太は言いたかった。友達に話すと、若い女の方が体がいいからだろうなどとしたり顔をする。でも、体に魅かれていると言えば、それは加代の方なのだ。馴染んで確実に快楽をもたらしてくれる彼女と寝る方が、はるかに楽しくていやらしい。それに比べると花の方はつたなくて、あまり欲情しない。それなのに、心からいとおしい。仕事で付いた上半身の筋肉が好き、と花は言う。何か強い人になった気がして彼女を抱き締める。加代が好きだと頬ずりするのは、だらしないまま股間にぶら下がったものだ。すぐに大きくしてあげる、と彼女は言う。またかよ、と思いながら身をまかせる。うんざりする。けれど、一番、自分はこの時、解放されているのだ。

上手く言葉に出来ないまま説明すると、寺内は呆れた。

「きみって、すぐに体のことに結び付けるんだね」

「あ、むかつく。今、おれのこと馬鹿にした?」

「してないよ。きみが羨しいよ。だって、ぼくも、溜ってるんだから」

それにしては清々しい顔をしている、と雄太は訝しんだ。女と寝ている、寝ていないで判断する自分もどうかと思ったが。

「おまえ、女いないの?」

寺内は、珍しく顔を赤らめた。雄太は嬉しくなった。こいつも普通の男じゃないか。

「あ、いるんだろう。どこの誰だよ、言えよ。どんな女なんだよ」

雄太が小突くのをかわそうとしながら、寺内は照れ臭そうに言った。

「字の綺麗な人だよ」

もういい加減にしてくれ、沢山だ、と言ったことは何度もある。そのたびに加代は、困ったように溜息をつき、我儘ねえと言う。出て行く、と立ち上がると、気を付けてね、と上着を渡す。引ったくるようにそれを奪うと笑う。どうせ帰って来るくせに、と思っているのが解る。悔しいけれど、彼女は正しい。家を出て、新しい女の許に行く。途端に解放された気分になる。楽しい。そして、その楽しさを使い果たして、加代の待つ部屋に戻る。そこには、疲れ切った彼の体の分だけ、いつでも空けられたベッドがある。滑り込むと彼の胸に手は置かれる。まるで、何かを手当てするかのような加代の手。さすられ撫でられ、彼は失くして来たものを補充する。その瞬間に予感する。このことは一生続いて行くのかもしれない。誰も私の代わりになんてなれないのよ。耳許で囁かれると泣きたいような心細さが押し寄せて来て、彼女に向き合うように寝返りを打つ。ベッドからはみ出してしまいそうに大きい自分の体をなるべくなるべく小さく縮めて、彼は思う。今まで、誰も自分をこんな気持にさせやしなかった。まるで子供をやり直しているみたいだ。ばかやろう、加代なんか大嫌いだ。殺してやる。口に出すと彼女は静かに言い返す。そんなことをしたらあなたが困っちゃうのよ、だから私は絶対に殺されないの。この女、のうのうとしている、と思う。他の女たちとは、まったく違う形で自分を信じているのだ。

加代の他にいつも女がいる。どの女にもすぐに飽きたが、花の場合は長かった。あんなにも執着したのが嘘のように、今は、まったく関心を失っている。携帯電話の番号を変えてそれっきり。元々、共通の知人もいなかった。後始末は、パパとやらがやってくれるんだろう。避妊？　考えたこともなかった。コンドームなんて、やばい女相手の時に使うもんだと思ってた。女なんてすぐに見つかる。けれども、加代以外の女を選ぶ雄太の基準はややこしい。溜ったものを吐き出す受け皿に穴が開いていてはならないのだから。

可愛い赤ちゃんねえ。通りすがりの母子を見て加代が感嘆したように言うものだから、おまえ欲しいと思ってねえの、と恐る恐る尋ねてみた。いらないわよお、と即座に返事があったので胸を撫で下ろしたものの、帰りに薬局かコンビニに寄ってみようと決意する。大丈夫よ、年齢的に無理だと思う、と便利なことを口にするので、また彼女を好きになる。良かった。給料前で全然金ないし、と打ち明けてみる。正直な人ね。嬉しそうに雄太に寄り掛かり続ける。正直な人は憎めない。いつまでもそのままでいて、なんて、いいのかこのままで。信じられない、幸せだ。

この部屋のドアは、解放の出口と入口。外に出る時、入る時、いずれにせよ、体のこわばりはとけて、雄太の体を軽くする。世界は明らかに、そのドア一枚で区切られている。内側には加代の体があり、彼は、その上で眠る。腕の筋肉を酷使する必要もない。それがなまったと感じたら、外に出ればいい。花を抱く時には、その体をつぶさないように腕で空間を作るのに努力した。鍛え過ぎて疲れたから、少しの間休まなくっちゃと見えない畳に横たわる。

たまには彼氏らしいことでもしてみるかと、料理好きの加代にプレゼントでもと訪れた家庭用品売り場にて見つけたのはかき氷マシンだったが、突然食べたくなって、それを買った。家に持ち帰って、早速二人で氷を削っていたら、加代は珍しくはしゃいで雄太の背中とTシャツの間につかんだそれを入れた。頭に来たので彼女にも同じことをしたら、もう止まらなくなった。止《や》めて止めてという歓声が悲鳴に変わっても止められなくて、彼女の体は、ほとんど氷漬け状態になって凍えた。冷凍保存してやる、なんて、どうして思いついたのか解らない。そのまま欲情して床に押し倒してあれこれしている内に、彼の体も凍りそうになり、見詰めると見詰め返されたまま動けない。とんだおやつの時間になっちゃったわね。ようやく震える唇で彼女は言った。生きていた。当り前だけど。あれ、じゃあ死んだのは誰だっけ。ああ、阿部だった。暴走族仲間だった奴らの喧嘩に巻き込まれて死んじゃったんだ。ついてねえな。

すっかり濡れてしまったシャツを脱いで放心した様子の何がおもしろいのか、加代がいつまでも、自分をながめている。なんだよ、と目で問いかけると、タオルを持って来てちょうだいと言う。命令するのか、このおれに、と少しばかり驚いた。瞳が潤んだように見えるのは、汗が目に入ったせいなのか、それとも溶けた氷のせいなのか。彼女は泣かない女だから涙なんてことはないだろう。

一緒に仕事してた奴が死んだんだけど、どっかで喪服借りて来てくんないかなあ。洗面所の戸棚を開けてタオルを出しながら言う。えー？　誰が亡くなったのお？　間のびした声に苛々しながら、おまえの知らねえ奴だって——と言いかけて、タオルの間に箱を見つけた。これって、これって、もしかしたら、あの妊娠判定薬ってやつじゃないのか。年齢的に無理って言ってなかったか、大嘘つき。正直な人は憎めないって言う人間に正直もんはいないって、そんなこと、初めて知った。

雄太と寺内は、中川に頼まれて、渋々阿部の葬儀に出席した。親しく口をきいていたのが彼ら二人だけだからという理由に、寺内は吹き出した。確かに、阿部は自分たちにとっての友人とは言えなかったが、その態度は、あまりにも不謹慎だろうと、雄太は感じた。

「きみにも、不謹慎なんて概念があるんだ。おもしろいね」

雄太の咎めるような物言いに、寺内は、そう返した。そう言えば、生まれて初めて、そんな言葉を使った気がする。だから、葬式や結婚式は嫌なんだ、と雄太は思った。まったく似合わないことをさせやがる。似合わないと言えば、この喪服だってそうだ。この暑い最中に黒い服。紫外線をたっぷりと吸い込んで汗をかかせる。一緒に焼香の列に並ぶ寺内を見ると、彼は涼し気にたたずんでいる。仕事中に着ている作業着や七分より、黒いスーツの方が余程似合っている。儀式向きなのか。

焼香の後、出棺を待ちながら、二人は出席者を見物していた。黒髪率が異常に少ないという寺内の言葉に、雄太も思わず笑ってしまい、通りかかった関係者ににらまれた。

「しかし呆気ないもんだよなー。あんなに危なっかしい仕事のやり方してても落ちたりしなかった奴が、自分で仕掛けた訳でもない喧嘩で死んじゃうなんてよお」

「いいじゃない。あんなに誰かれかまわず殺してやる、殺されてえか、とか言ってたんだもの。念願が叶ったってことじゃない？」

雄太は、寺内の言う意味が解らず、訝し気に彼を見た。視線に気付いた彼は、肩をすくめた。

「彼の世界は失くなった。つまり、彼は、世界じゅうの人を殺しちゃったのと同じでしょ？」

「前におまえが言ってたのってそういうこと？　いつも変なこと考えるなあ」

「哲学の基本でしょ？」

「ほんとかよ?」

寺内は答えずに、しばらくの間、無言で雄太を見詰めた。口角が上がっている。でも、笑顔じゃない。雄太は困惑した。こんな表情誰かもしてた。それもひとりじゃない。ようやく何かを捜し当てたとでもいうような確信に満ちた瞳。その焦点の結び方は、自分を怖気づかせる。

「何、人の顔、じろじろ見てんだよ」

「喪服、似合ってるなって思って」

「嘘だろーっ!? おれなんか場違いだよ、こんなの着て、ここにいるの」

「そぐわないって、可愛いじゃないか。ぼくは、たぶん、似合い過ぎてると思うんだ」

確かに。でも、今日、一番似合ってるのはあいつらだ。雄太は、参列者たちを見た。皆、泣いている。友達なんだ。

出棺が終わり、雄太と寺内は、葬儀場の外に出た。目の前を暗くするような陽ざしに、たまらなくなり、雄太は上着を脱いだ。

「どっかでビールとか飲んでかねえ?」

雄太の誘いに、寺内は首を左右に振った。

「ぼくは、このまま帰るよ」

「え、なんで？　いいじゃん、このまま帰っていいって中川さん言ってたし。あ、彼女んとこでも行くの？」

冷かすような雄太の口調に、寺内は不思議そうな表情を浮かべた。

「そんな人、いないよ」

「えー？　ほら、字が綺麗とか言ってた」

「ああ」寺内は思い出したらしく、相槌を打った。

「母のこと？　もう、とうに亡くなったよ。確かに遺書の字は綺麗だったけどね」

そう言って、寺内は立ち去ろうとした。雄太が追いかけようとすると、土建組合の仲本さんにつかまり、阿部の思い出話を聞かされる破目になってしまった。阿部は仲本さんの紹介で働き始めた知人の息子だったという。雄太は耳を傾ける振りをして、寺内の後ろ姿を目で追った。寺内は、一瞬立ち止まり、振り返って雄太を一瞥して、そのまま人混みに消えた。待てよ、おまえ!!　雄太は心の中で叫んだ。今、饅頭、食ってる時と同じ顔してたろ。おい、待て、こら。

汗だくになり疲れ切って家に戻ると、薄暗い部屋の中で加代が昼寝をしていた。ソファに横になり、心地良さそうな鼾をかいている。そう言えば、今日は休みの日だったな、と雄太は思い出す。彼女を起さないように、何か冷たいものを飲もうと、台所に行き冷蔵庫のドアを開けた。切ってある西瓜を見つけたので、それを取り出して、居間に戻った。ソファの前の床に腰を降ろし、かぶり付く。冷たくてうまい。種を飛ばしながら一心不乱に食べる。やっぱり西瓜はこう食わなきゃ。たれた汁を拭おうとポケットを探る。白いハンカチがある。葬式用に加代が用意したものだ。口に当てた後、ふと思いつき、広げて、彼女の顔にかけてみた。そして、ながめる。長いこと、ながめる。付いたばかりの赤い染みが、寝息と共に、いつまでもいつまでも上下している。

夕餉

私は、男に食べさせる。それしか出来ない。私の作るおいしい料理は、彼の血や肉になり、私に戻って来る。くり返していると、どんどん腕は上がる。彼の舌は、私の味に馴染んで、もう、満腹になればそれで良い、なんて言わせない。四時二十五分の退庁時刻とほぼ同時に電話が入り、こう尋ねられる。今晩のめし、何？　それに合わせて彼は、おなかの具合を調節する。時には、運転手や他の作業員の人たちにつき合って酒を飲まなくてはならない。その場合、献立を変更して夕食を夜食に変える。でも、手を抜いたりなんかしない。彼の体は、私が作るんだ。私の料理から立ちのぼる湯気だけが彼を温める。それが私のデューティ。譲れない。もう、こうなったら意地だ。無理すんなよ、と彼は言う。私は、もう、聞く耳なんか持ちゃしない。料理欲は性欲以上に、私の愛の証になっている。いつだって、極上の御馳走を食べさせてやる。他人の生活の滓で苦労している彼の滓は、最高級のものから出来ているのだ。そう自らに言い聞かせて、今日も、私は、台所《キチン》に立つ。さあ、気合いを入れるために、まず、ヱビスビールをひと缶飲もう。喉から食道、そして胃袋に向かってエナジーが流れて行くのが解る。ひと缶が空になる頃には、体じゅうにやる気が染み渡る。よし！　と呟き、缶を水ですすいでつぶす。専用のガーベッジ缶に、それを投げ入れる。こうしなきゃ駄目なんだよ。

今日から実践　3つのR

ごみを減らすためには、3つのRが大切だと言われています。3つのRを実行してごみを出さない工夫をしましょう。

第一のRは〝REDUCE（リデュース）〟

——ごみになるものを減らすこと——

例えば、余分なものを買わないことです。

第二のRは〝REUSE（リユース）〟

――使い終わったものを捨てないで再び使うこと――
例えば、一度使ったびんを繰り返して使うことです。

第三のRは〝RECYCLE（リサイクル）〟
――もう一度資源になるように努めること――
例えば、古紙・びん・缶などを分別して、資源として活用することです。

（東京二十三区清掃協議会編集発行「23区　清掃とリサイクル」より）

なのだ。一年前、この紘《こう》の部屋に移って来た時、台所の片隅に置いてあったこのパンフレットを見つけた。すぐさま熟読し、今では体得している。そのつもりになっている。そうであることを願い続けている。だって、迷惑、かけたくないもの。そこまで思ってしゅんとなる。でも、すぐに気を取り直して、ワインの栓を開ける。コルクは燃えるのか、燃えないのか。解らないので、取りあえず籠に入れておく。後で鍋敷きでも作ってみようか。彼が、すごく嫌がるのは知っているけれど。主婦って、そういうことをリサイクルだと思ってんのなあ、ごみの出し方はいい加減だってのに。そう言われた。私は主婦じゃない。元、主婦だ。でも、捨てるなら、何か可愛く利用出来ないかなあ、なんて思っちゃう。習性か。主婦、いや、元主婦の。牛乳パックで小物入れを作る程、趣味は悪くないつもりだけれど。

ところで、今夜の献立だ。昨日は中華だったから、今日はイタリアンなんてどうだろう。前菜は、じゃがいもをジェノヴァ風のソースであえたのをバゲットに載っけて焼いたクロスティーニ、プリモピアットはラザニア、でも少し重過ぎるから、同じトマト味なら、寒い日だもの、ミネストローネスープにしよう。そして、肉体労働者には、やはり、肉!! ミラノ風のカツレツに、ルコラの葉っぱを山程ばらまいてヴァイタミンCの補給をする。完璧。高いワインは買えないから、がぶ飲みしても平気なキャンティ・クラシコにしよう。窓辺には、この空瓶が、いくつも並んでいる。ユーモアのある瓶が捨てられない。紘が困った表情を浮かべて言ったたっけ。並べんのは許すけど、ドライフラワーだけは、さすんじゃねえぞ。まさか。そんな安いペンションみたいなことしない。

まずは手を洗おう。石鹼でー　手を洗おー、石鹼でー　手を洗おー。思わず歌を口ずさむ。小学生の頃、給食の時間が来ると、いつもこの歌が流れていた。ものすごくまずい給食だった。皆、残した。豚の餌になるんだよ、と誰かが言っていた。その残飯の中には、ジャムなんかのスプレッドの袋が混じっていて、餌と一緒に飲み込んで喉に詰まらせた豚たちが何匹も死んでしまったそうだ。でも、ごめんなさい、私は、豚を思いやることは出来ない。まい泉のカツサンドを崇めることは出来るけど。

何から始めようか。時間をたっぷりかけたいミネストローネから行こう。まず、野菜を切る。ズッキーニを包んでいるラップを剝がす。紘は、これが南瓜の一種だということを知らなかった。変な胡瓜、と呼んだ。おれのよりりっぱ、と言って、コンドームをかぶせて私に悪戯しようとして拒否された。馬鹿みたい。だって、美々ちゃんには色んなことをしてみたいんだよう、と少ししょんぼりして言った。美々ちゃん。彼は、私をそう呼ぶ。出会った時は、奥さんと呼んだ。集積場所にごみを持っていった私は、もう清掃車が来て作業をしていたので慌てた。二人の作業員が手際良くごみを積み込んでいるので、邪魔にならないように、気を利かせたつもりで、横から袋を押し込もうとしたら怒鳴られた。奥さん！　手、持ってかれちゃいますよ!!　彼は、テールゲイトの下の緊急停止バーを蹴って回転板を止めた。そして、おどおどしながら謝る私を見た。怒鳴り声に反して、その目は怒っているようではなかった。今にも泣きそうだったからあせった、と後で言われた。泣かないさ、そんなことで。私は叱られ慣れていた。両親、教師、そして結婚してからは夫とその家族に。私は、小さな頃から色々な自信に満ちていたけれども、それが通用したことはなかった。誰かしら、いつも、私の自信を叩きのめしていた。そう彼に打ち明けたら笑った。料理は上手いじゃん、自信持っていいよ。だから、持った。セックスの腕を磨くより手っ取り早い。

ズッキーニを小さな銀杏切りにする。悪戯されそうになった時のあれは、コンドームをかぶせたまま捨ててしまった。どぎまぎして、慌てたのだ。私は、男の人が、そんなふうにふざけるものだとは知らなかった。私を抱いた男の人たちは、その時、いつも眉間に皺を寄せて黙々とこなした。退屈だった。紘は違う。色々な提案をして、私を楽しませたり、恥しがらせたりする。彼と出会う前、私は、本当に息をしていたのだろうかと思う程、今、心臓は良く動く。体のあちこちに油を差され、丁寧に使いこなされている気分だ。コンドームをかぶせられたズッキーニは、困りもののごみになって、新江東や豊島の工場へ行った。そして、私は、ここにいる。

玉葱、セロリ、人参、じゃがいも、ほうれん草、トマト。どれもスーパーマーケットで買った野菜なので、ヴィニール袋に入っている。台所用の鋏で封を切る。トマト以外の野菜を取り出して、袋は、不燃ごみ用の缶に捨てる。遠出して自然食料品の店で購入すれば、もっとおいしく作れて、ごみも出ない、とは思うものの、野菜は重い。近所にあった八百屋さんは、いつのまにかつぶれてしまって久しい。店先の台の上で、いつも大きな黒猫が昼寝していたっけ。紘の所に移って来た頃、猫の横には、林檎の山が輝いていた。あんなにもつやつやとしていたのだから、きっと紅玉だったと思う。

毎回、サンダルばきで追いかけて来たから、印象には残ってた、と紘は言った。けど、美々ちゃんが、あんなに思い切ったことする女の子だとは思いも寄らなかった。女の子だって。もう三十近いのに。おれよりひとつでも年下で、ひとり身の女は全部女の子だ、と彼は、少し偉そうにする。彼が、本当にひとつ上で良かった。でも、ひとり身というのは正確ではない。夫は、まだ籍を抜いてくれない。それでも、私は、もう奥さんじゃない。女の子だ。そうなるために、私は必死だった。正確ではないごみの集積時刻のために、毎日、息を潜めていた。彼にごみ袋を手渡しするためにだ。家政婦さんなんかにまかせていられなかった。作業員が彼ではない日は、たいそう落胆したものだ。そして、ようやく機会はやって来た。ごみ袋を差し出した後も、その場を動くことが出来なかった。彼が作業に集中するさまを凝視していた。その額には汗の粒が浮いていた。奥さん、邪魔んなるよ！　運転手さんが窓から首を出して、私に注意を促した。紘は、その声で、ようやく立ち尽くしている私に気付いて、怪訝な表情を浮かべた。何か？　と尋ねた。その時、私の中で静かにしていたものが壊れた。生まれて初めて、男の人の名前を自分から聞いた。それを取っ掛かりにして、私は、自分を彼に拾わせるのに成功した。

ごみ袋が動いているので、口を開いてみたら、仔猫だったことがある、と紘が言った。もがいていて可哀相だった。何考えてんだろうな、生きものあんなふうに捨てる奴って。何も考えてないって、私は思う。ペットの死骸が、ごみとして出されることは珍しくないそうだ。供養ぐらいしてやりゃいいのに、と彼は顔をしかめる。でも、私は知っている。世の中には、供養から、あらかじめ見離されている生きものが沢山いることを。それらは、息を詰まらせて、叶わない自由を夢見て、少しずつ死んで行く。

オリーブ油をたっぷりとル・クルーゼの大鍋にたらして、芽を取って刻んだにんにくを炒める。良い香りがあたりに漂い始めたら、小さく切ったトマト以外の野菜を全部加える。ひたすら炒める。セロリの葉は良い風味を付けるのに役立つから絶対に捨てない。焦げ目が付いたら水を注ぐ。一時間半ぐらい弱火にかけたままにしておく。あ、いけない、お豆の好きな紘のために、キドニービーンズも入れなくては。缶を開けて、煮汁ごと鍋に空ける。缶のラベルを剥がすために、しばらくの間シンクの水につけておく。後で洗って、資源ごみにするのだ。ごみの出し方に関しちゃ、美々ちゃん、模範的な区民だよね、と彼は感心する。私は、えっへんと胸を張る。でも、コンドームをかぶったままのズッキーニを燃えるごみの日に出してしまったのを、彼は知らない。

私の取った行動。つまり、あの家を出たことは、夫にとっても義母にとっても良かったのだと私は考えようとする。あのままあそこにいたら、ますます私は、つまらない余計な者として完成に近付いて行っただろう。決意した時、私は卑怯者にはなるまいと心掛けた。ちゃんと話をした。取り合ってはもらえなかったけれど。唯ひとり、義妹だけが賛成した。いいんじゃないの？　どうせ、この家には合わない人だったんだから。そう言うのを耳にして、私は、必死に踏んばった。合わない。両親にも、そう言われて育って来た。合う、という言葉を使われたのは見合の席でだけだ。それも、私自身のことではなく両家の格ということだ。私は、生まれて初めて軽蔑することを学んだ。ただ、情けないことに、何を軽蔑して良いのかが途中で解らなくなってしまったのだった。ようやく冷静になった私が、軽蔑すべきものの何であるかを悟ったのは結婚式の時だった。豪奢な包装紙にくるまれた迷惑な御歳暮のような自分がそこにいた。冷たい笑みを貼り付かせた私は、自身によって、とことん蔑まれていた。

クロスティーニ用のじゃがいもをゆでておこう。丸ごとを水からゆでなくてはいけない。皮は、ゆで上がってから剝く。熱いから軍手をして剝く。そのための専用の軍手が台所に用意されている。前にコロッケを作っていた時、紘は、軍手をした私を興味深げにながめていた。変？　問いかけると、彼は、美々ちゃんにはアイデアが沢山あるから大好きだ、と言った。カレーの隠し味に黒砂糖やインスタントコーヒーを使ったり、炒り玉子をかき混ぜるのに四本の菜箸を使ったり、茶漉しでふるった粉砂糖でパンケーキに化粧したり、すごいや、女の子の才能をフル活用してる。なんて、そんなことを言われると涙が出そうになる。その涙は、彼に出会う前には知らなかった類のもので、私の脳みそは驚いてしまって、こめかみを痛くする。でも、女の子の才能なんていう普遍的な言葉を使われるのは少々不本意だ。あなたの女の子と限定されたい。埋もれていた才能を見つけ出してくれたのは、あなたなんだよ。

剝いたじゃがいもの皮は、シンクの三角コーナーに捨てる。私は、なるべく生ごみを出さないように気を付けている。大根の葉っぱは油炒めにして、XO醬で味を付けて、切り胡麻をかける。皮だってお醬油に漬けておけば即席の箸休めになる。仕事から帰って来た紘はビールを飲むから、肴として小鉢に入れて出してあげる。小料理屋みてぇ！　と感嘆の声をあげる。私は、また少し幸せをお裾分けしてもらって、お酌してあげる。

美々ちゃん、おれのいったいどこが良かったの？　と紘は、日に一度は尋ねる。こういう仕事してるってだけで嫌がる女多いんだぜ。公務員で通しちゃってる仕事仲間もいるし、聞かれたら、ちょっと都庁の方、とか言ってあやふやにしちゃう先輩も見て来たし。そんなことを言う。少し驚いた。ごみの収集時間には会えるんだ、と思っただけで、わくわくしていたのに。あの手際の良さを見られるんだと、朝を待ち望んでいた。他のことなんて考えられなかった。私は、期待するという行為を、もう長い間忘れていた。思い出させてくれた彼の仕事に感謝したいくらいだ。なんて。私、無理して綺麗事を言い過ぎてるかもしれない。一緒に暮らしてみて、彼の仕事の大変さが解って来た。朝は七時四十分までに事務所に入らなくてはいけない彼は、五時に起きる。ほかほかの朝御飯を食べさせたくて、私も起きようと努力するけれど、時々、どうしても寝過ごしてしまう。目覚めると、既に彼は家を出る寸前だったりすることがある。慌てる私に、いいからいいからと言って、抱き寄せて口づける。自分が役立たずになったと感じる瞬間だ。きちんと食べさせないと何か悪いことが起きるんじゃないかと不安になるのだ。ゴム手袋をしているとは言っても、危ないものが沢山出されている。割れたガラス。焼鳥の串。インシュリンの注射針が刺さった話なんか聞くと目の前が暗くなる。でも、と私は省る。もしかしたら、彼の手にした一番危ないものは、私だったかもしれない。寄る辺ないひとりの女の人生を、彼は、いつのまにか引き受けてしまった。彼の仕事に憐憫を感じるのは、この一点においてのみだ。そして、私の心は、ますます彼に傾いている。憐れみに肉体が加わると恋になる。そこには、かけがえのないもの哀しさが生まれ出づる。私の場合はそうだ。彼が私に対して感じるのもそういうものかもしれない。だって、私を見詰める時の彼の瞳は、哀しい飴玉のようにとろりとしている。私も、だから、それにならって、抱かれる時には水飴のように糸を引く。
ジェノヴェーゼのソースは市販のものを使う。フードプロセッサーがないので手作りは無理。つぶしたじゃがいもに混ぜて、パルミジャーノ・レッジャーノをたっぷりすり下ろす。薄切りにしたフランスパンにたっぷりと載せてオーヴンに入れるだけにしておく。使い切ったペスト・ジェノヴェーゼの瓶の蓋は、燃えないごみの缶に。瓶は中を洗ってラベルを剝がして資源ごみにする。そこで私は、考え直す。この瓶、何かに使えそう。出汁を取った後の昆布のつくだ煮やちりめんじゃこと山椒を炒って作ったお手製のふりかけなんかの常備菜を保存出来る。ごみを余計に出したくない。紘と同じ仕事をしてる人たちに、ちょっぴり貢献してるつもり。私は健気な女の子だ。もう、みみっちい主婦なんかじゃない。

今の内に、ミネストローネの鍋にマカロニを落としておこう。アルファベットの形をした小さなマカロニたちだ。煮汁を吸って、食べる頃には、ふっくりと大きくなる。スープの中で字が書ける。自分のお皿の中で、いくつ言葉が作れるかやってみようよ、と提案したことがある。おれ、英単語、そんなに知んねえもん、と紘は言った。私だって、沢山知っている訳じゃない。しかも、ひとつの皿に散らばるアルファベットは、数が少ない。二人は、少しの間、あれこれと工夫していた。お、出来た、出来た、と彼が言って、自分の皿を私に見せた。〝FORGET〟。美々ちゃんのは？　とこちらの皿を見ようとするので隠した。何だよお、ずるいじゃん、と彼は私の手をどけた。そこには、〝ME〟。二人のスープ皿の中のマカロニたちが、私を忘れてと言っている。遊びなのに、私は気落ちして下を向く。私を忘れて？　それとも、おれを忘れて？　いつか、こう言い合う時が来てしまうのだろうか。黙り込んでしまった私の様子を困ったようにうかがいながら、彼は、スープの中身を探っていた。やがて、言った。美々ちゃん、ほら。次、おれが見せる番だろ、見てみ。こんなの遊びじゃないか、深刻になる方が馬鹿、と思い気を取り直して覗き込むと、彼の皿には〝NOT〟。私が目で問いかけると、満足気に微笑んだ。フォアゲット・ミー・ノット、忘れな草のことだよ、と彼が言う。本当にそういう言い方するの？　と尋ねたら、しきりに照れた。中学ん時に授業で教わった。英語の先生、すげえ綺麗だったから、結構、真面目に授業聞いてた。私は、女教師の話に耳を傾ける彼の姿を思い浮かべた。初恋だったという言葉を口にした女の人は、何年たっても忘れ去られることがないのだ。忘れな草の？　私の問いに、彼は、不貞腐れたように横を向く。そんなんじゃねえよ。私は、食事の途中だというのに、彼の側に回り込んで、抱き付き首に腕を巻く。はずみで、彼は倒れそうになり、苦笑しながら私の体を受け止める。セーターの編み目の隙間から、大好きな温い匂いが立ちのぼる。今、して、と私は言う。今？　まだめしの最中だろ？　彼は、なかば呆れながらも、私のカーディガンのボタンを外す。その間じゅう、彼の胸に鼻をこすり付ける。この人は、忘れ、忘れ去られる不安な気持を、忘れな草に変える人。いつのまにか、スープは冷めて、振動で、アルファベットは攪拌されて、花の名前は、影もない。

ひと休みしようと、鍋の様子を見ながら、ワインを啜る。家を出る時に持ち出してしまったのと大急ぎでATMで引き出した現金で、私は、ささやかな贅沢をしている。料理に使うスパイスや変わった食材や塩などは、そのお金で買う。塩なんか家にあるんで良いんじゃないの？　という紘は何も解っていない。ケミカルな塩なんて体に悪い。彼の汗になる塩は、上質なものでなくちゃ。それに、自然の塩は、種類によって全然味が違うのだ。使い分けるのが楽しい。フランス料理には、ゲランドの塩を使いたいし、イタリア料理には、シチリアのもの、ペレグリーノ鉱山で採掘されたミニエラ・フィノなんか最高だ。和食なら、伯方の塩や長者の塩でも良いけど、私は沖縄のが好きだ。雪塩を初めて見た時、なんて美しいんだろうと驚いた。まるで、透き通った海が粉末にされてしまったみたい。かいた汗の分だけ、これを使って料理して、彼に食べさせたいものだ、と切望した。でも、あんまり、もう贅沢は出来ない。夫のキャッシュカードで勝手に引き出したから当然だけど、届けは出されて、既に暗証番号も変わってしまったみたいだ。私も働かなきゃ。そう告げると、紘は、いいよ、美々ちゃんぐらい養ってやる、と泣かせることを言う。でも、泣いてる場合じゃないのだ。自活するなんて考えたこともなかった私だけど、おいしいものを作るには、やっぱりお金が必要で、彼の体を作る食べものは、自分で買いたい。私だって、彼を養いたい。そのためには、手段を講じなくては。

あんまりがんばるなよ、と紘は言った。おれの役に立ちたいなんて思わなくっていい。仕事を終えて、事務所の風呂場でシャワーを浴びてる時、ああ、家では美々ちゃんが待ってるんだなあって思う。生きものが家にいるって、ほんと、なごむよ、だって!? 私って生きものなの? と憮然とすると、そうだ、と笑う。そして、耳許に口を付けて囁く。生きてて、一緒に飯食って、セックスして、寝る、それで充分。猫にも犬にも小鳥にも他の女にも出来ないことを、美々ちゃんは、おれにしているよ。でも、そんなことだったら、夫にもして来た。あの人だって、それしか望んでいなかった筈だ。いったい、何が違っていたのだろう。

鍋をかき混ぜると、さっきまで、よそよそしかった野菜が溶け合って仲良しになっている。そろそろトマトの投入時だろうと、ヴィニール袋の封を切り、洗う。季節ではないけれども、なるべく赤く熟れているのを買って来た。それでも甘みは足りないだろうから、缶詰のものも足す。ベルみたいな形をしたイタリア産のトマトだ。生トマトの袋は捨てる。世の中には、どうしてこんなにも、ヴィニールやプラスティックがあふれているのだろう。

本当に必要？　必要だい！　とヴィニールの雨合羽を着た幼ない頃の私が顔を覗かせて、きっぱりと言う。そして、そうでもないよと、とうの昔に合羽を必要としなくなった私は、おずおずと呟く。大人になると、少しだけしか必要じゃない、そういうものが増えて行く。

トマトは、フォークに刺して、ガスの直火にかざし、皮がぷちりと破れた瞬間、氷水に浸す。こうすると簡単に剝ける。それを刻んで鍋に種ごと入れてしまう。缶詰のものも入れると、大きな鍋からあふれそうになる。またいっぱい作ったなあ、と紘が呆気に取られるのは、いつものことだ。でも平気。残ったら、次の日は、ベーコンやらミートボールを入れてカレーにしちゃう。それでも残ったら、冷凍にして、カレーパンやコロッケの中身にする。次第に化けて行くスープの正体に彼は永遠に気付かない野暮な人。新たに作られた料理を前にしたかのように期待に満ちた声を上げて取り掛かる。私の料理は、手を替え品を替え、彼に舌鼓を打たせる。その音。聞くに値する不作法だ。

お米も研いで、ざるに空けておかなきゃならない。紘は、必ず炊き立てのごはんを食べる。フランス料理を作っても、イタリア料理を作っても、最後には、白いごはんで締めくくる。体のことを考えたら、麦や雑穀などを混ぜたいところだけれど、白いごはんでなきゃ駄目だと言う。だから、彼の分だけ土鍋で炊く。よそってやると湯気に目を細めて、やっぱ、銀シャリが一番だなどと言う。銀シャリのシャリって、舎利って書くんだよ、仏さまの骨のことだよ。焼くと粉々になって、お米みたいになるから、そう呼ぶんだよ。ある時、そう教えてあげたら、喉に詰まらせながら、上目づかいで、私をにらんだ。

夫の上司の奥さんは、月に一度、自宅でお茶会を開いた。部下の妻たちは、余程の事情がない限り、欠席は許されなかった。誰もが派手ではないけれど、上質の材料を使った品の良いお茶受けを持参した。お菓子のレパートリーのあまりない私は、考えあぐねた揚句、おはぎを作って行き、失笑を買った。唯一私を甘やかしてくれた今は亡き祖母が、小豆の下ごしらえの仕方から教えてくれたのだった。お彼岸には、まだ早いんじゃないこと？誰かが言って、皆、笑った。もう少し小さく作らなくては。確かに、私の作ったおはぎは大き過ぎたかもしれない。そして、甘過ぎたかもしれない。だからと言って、こんなふうに、まるでテレビドラマの中の嫌味な奥さん連中みたいな物言いをする人たちが、本当にいるとは思わなかった。私は、あまりにも解りやすいいびられ方に接して唖然とした。高度な皮肉など通用しないだろうと、見くびられているのが解った。いびられたこと自体よりも、そのことに腹が立った。目の前のおはぎが泥饅頭に見えて来た。投げ付けてやったら、どれ程気分が良いだろう、と想像していたら、隣の奥さんが言った。私は、人好きよ、おはぎ。その言葉のせいで、私は、彼女に対して急速に心を許した。夫と同期の人の妻だった。

私は、彼女に紘との関係を打ち明けた訳ではない。ただ、どうしようもない気持でいた時、優しいその態度が、私から二、三の言葉を引き出しただけだ。けれど、私の不穏な様子が、夫や義母に伝わるのに時間はかからなかった。ただたしなめるだけのつもりだった彼らは、私が、はっきりと口にしたので慌てた。好きな人が出来たので離婚して欲しいと。少しの間の後、彼らは笑い出した。笑いの中で、私の決意は葬り去られた。以来、事あるごとに私のまわりには笑いが立ち込めた。私は、ようやく訪れたかに見える団欒に少しずつ埋められ息を詰まらせた。どうってことない、と思った。私に関する事柄が、重要であったことなど、一度もない。自分に言い聞かせた。どうってことない。いつだって、私がすることは、何事もなかったかのように扱われて来た。それが続いて行くだけだ。けれども、私の忍耐は、紘によって、とうに家の外に連れ出されていた。

調理台の上を片付けてから、ミラノ風カツレツの準備に移ろう。そんなことを思って台布巾を取ろうとしたら、ワイングラスを倒して割っちゃった。もったいない。酒屋さんの景品でもらった安物だけど、気に入っていたのに。時々、小海老をゼリーで寄せたりも出来たのに。初めて作った時、紘は、不思議そうにそのグラスをかざしてながめていた。閉じ込められてら。そう言った。でも、うまそう。コンソメゼリーが、スタンドの白熱電球の光を受けて金色に透けていた。細かく刻んだ色とりどりの野菜の隙間に動けなくなった海老がいる。彼の口の中に飛び込むのを待ち望んでいる。いいえ、待ち望んでいたのは、私だ。体じゅうに貼り付いたものを、その舌の上で溶かしてもらいたかった。

割れたガラスの欠片を注意深く拾って袋に入れる。外側に油性のマジックで、破損したガラス有り、と書いておく。収集する作業員が手を切ったら大変だ。現に、いつも紘は手のどこかに切り傷をこしらえている。私もたまに研ぎ過ぎた包丁で指を切ることがある。気持悪いから、そんな手で料理作らないでくれる？　と義妹に言われた。私が、咄嗟に指を舐めたからだ。今は、紘が舐めてくれる。そうして欲しいから、もう、彼がいない所では指を切ったりしない。私の注意力は、ちゃんと学習している。彼以外の人のために、もう包丁は使えない。

後悔するぞ、と夫は言った。その日の夜更けに、私が出て行こうとしていたのを、たぶん、彼は知っていた。世間知らずの私のことだから、すぐに戻って来るに違いないと思っていただろう。そして、土下座して謝るのを見届けてから、離縁するつもりだった筈だ。それまでは放っておく。他の男に触れられた女をより深く傷付けるために。とことん惨めになったきみが見てみたいね。彼は、そう言って笑った後に、紅茶茶碗を床に叩きつけた。割れた欠片は、私が拾った。そのまま、燃えないごみの袋に放り込んだままにして来たから、それが、どのように集積所に出されたかは解らない。もしかしたら、作業員の手を傷付けてしまったかもしれない。翌朝の収集時刻には、休みを取った紘の布団の中に、私は、いた。

紘の腕の中の空気は馥郁《ふくいく》としている。まるで餡パンの中の隙間みたいだ。天然酵母の香りに酔っ払いながら、私は焼き上がる。美々ちゃんの体、熱くなって来た、と彼が言う。それまで、私は、自分の体がそうなるのを知らなかった。きちんと下ごしらえをされれば、私の体だっておいしくなる。欲しがられてると感じる。なんだか泣きたい気持。

調理台の上が、ようやく片付いたので、まな板に載せた肉を叩く。肉叩きがないからワインの空瓶を使う。ミラノ風のカツレツはせいぜいレモンだけを絞って食べてもらいたいところだけれど、紘は、ウスターソースをかけちゃう。なになに風だなんてことは、彼には全然関係のないことなのだ。私が作るものは、全部、美々ちゃん風なのだそうだ。彼は、海外旅行をしたことがない。金も余裕もないし、第一、言葉わかんなくて、おどおどするのなんか嫌だもん。そんなこと言うなんて情けない。でも、情けない風情はそそられる。そんな時に手を差し延べる術を持たないから、私は、世界じゅうの料理を作って彼に食べさせる。もしも、この先、私なしで外国の街を彷徨うことがあったなら、彼は、そこで確実に、美々ちゃん風の食べ物に出会うことだろう。別れてしまったか、死んでしまったかした女になった私は、彼の舌の上で再会する。つきまとう。いつだって、舌は過去に掌握されている。私は、ひっそりと企んでいる。もう、忘れられた女には戻りたくない。

　肉じゃがを作ったことがあった。おふくろの味だよ、と言って得意気になる私を、紘は、真底不思議そうな表情を浮かべて見詰めた。美々ちゃんは、おれのおふくろじゃないだろ？　それに、おれ、おふくろの味って言葉、性に合わない。どうして？　と私は尋ねた。お母さん元気なんでしょう？　すげえ元気、今でも働いてるよ。休みの日に、たまに飯作ってくれたけど、これが下手なんだ。作ってる途中で投げ出して、ファミレス行きましょうとか言い出すんだ。おれと姉ちゃんだけでなく親父も大喜びでさ、デニーズよりロイヤルホストの方が良いなあ、なんて、わくわくしてた。おれの母親は、味よりもいいもんをいっぱい提供してくれてたよ。でも、でも、やっぱり、おふくろの味ってあるでしょ？と言う私の問いに、水っぽくて、化学調味料たっぷりの野菜炒めとか？　なんて懐しそうに笑った。

　夫には偏愛するおふくろの味が沢山あったなあと思い出す。どんなに私が丁寧に作ったものでも、口に合ったためしはなかった。もっとも、私も、正確に料理はしたものの、それが彼の血や肉になるなんて考えたことはなかった。化学の実験をするように調味料を計り、服の型紙に合わせて布を切るように野菜や肉を切っていた。味気ない妻。愛してもいないのに結婚するからこういうことになるのだ。条件だけで配偶者を選ぶから、食卓の楽しみを失う破目になったのだ。軽はずみな夫。

美々ちゃんの料理はまじでうまいよ、と紘は言ってくれた。でも、うまくなくたって、それはそれでかまわないんだよ。そんなこと続けて、ひどいじゃないか。私の手練手管が通じないと言われているようなもの。手強い奴。夫よりも、はるかに彼は、おふくろの味を知っている。負けるものか。もっと愛してやる。いつのまにか、肉を叩く手に力がこもる。いけない、ちょっと筋切りし過ぎたみたい。私、どうしてむきになっているの？

私の使うパン粉は手作りだ。バゲットや食パンなんかの残りを日に当てて乾燥させておく。そして、その都度、すり鉢に入れてするのだ。今日のようなミラノ風のカツレツなんかの時は、うんと細かくする。手間はかかる。やはり、フードプロセッサーが欲しい。でも、ごりごりという音は味に貢献するような気がしてならない。それに、すりこ木を持つと仕事をしている気になる。ル・クルーゼの鍋を持ち上げるのにも苦労する程、力のない私だけど、これを手にしていると強くなったように錯覚出来る。賊が侵入して来たら、振り回して殴り倒せば良いのだ。

パンを保存していたジップロックは、次回に使い回す。そうして、ごみを少しでも減らす。肉に塩胡椒をまぶす。もちろん胡椒は挽き立てだ。小麦粉を振りかけ余分な粉をはたき落とす。バットに玉子を割り入れほぐす。殻は、植木鉢の土の上に載せてパイナップルの栄養分とする。丸ごと買って来たパイナップルのへたを蘇生させようとしているのだが、息を吹き返しているのかどうかは、まだ解らない。こんな馬鹿みたいな試み、夫の家にいる時は、絶対にしなかった。ここに来てから、些細な遊びに、心、砕いてる。紘の仕事が大変になるから、てるてる坊主だってぶら下げる。そのせいだろうか、お休みの日には待ちかねたように、雨は降る。ねぼすけの彼の傍らで、私は、いつまでも雨の音を聴いている。そして、ここ以外に、もう私の場所はない、とぼんやりと思う。憐憫の優先順位は、まず私。そして、週に四十時間もきつい仕事をして来て眠りこけている紘。最後に自尊心をつぶされたままの夫。私は、今、生まれてから一番、身勝手な人間になっている。改めて、男の必需品になりたいという野心すら抱いている。

玉子液にくぐらせた肉をパン粉で覆う。紘が帰って来たら、揚げ焼きにするだけだ。バターとオリーブ油を半分ずつの割合で使う。本当は、バターだけで焼くのが流儀みたいだけど焦げてしまいそうだから混ぜる。溶かしバターの上澄みだけを使えば大丈夫という説もあるけど、カルピスバターは高価なので、そんなにふんだんには使えない。揚げ立てのカツレツに散らすルコラの葉っぱは、洗って水を切っておく。肉の載っていた発泡スチロールのトレイは洗って乾かす。その上にかぶっていたラップとルコラのヴィニール袋は不燃ごみとする。出来上がる寸前で足止めを食らっているコトレッタ・アッラ・ミラネーゼが調理台の皿の上に横たわっている。私は、仕上げを待つばかりになった料理をながめるのが好きだ。しばし見とれていると、急に、時計の存在を思い出す。私が時間を気にするのは、ここから紘の帰宅予定時刻まで。その間、私は時計の針を味方に付けている。まるで、おいとまをもらっているみたい。おいしい味は、もうすぐそこまで来ているから、と料理の神様に言われているような気分だ。しばらくの間、束縛から逃れる。確かに私は、台所で、自分ではどうすることも出来ない料理欲に束縛されている。レードルやスクレイパーや菜箸、まな板やトングに至るまで、台所用具は、いつだって、私を快楽に導いてくれる。そして、使い終わるまで離してくれない。無理すんなよ、といつか紘が言った。無理だなんて。私は自ら、台所に宿る何かのしもべになりたがっているのだ。紘は、自分のしもべみたいな女はお断りだろう。おふくろの味が嫌いな男は、そうなんじゃないかと予想する。だから、私は、代わりに、美味を作り出すすべてのものに跪く。

そうだ、今の内に殻付きの落花生をゆでておこうと思いついた。紘が統括技能長の岡部さんからいただいて保存しておいたものだ。岡部さんの実家で取れたのだという。私は、ローストされたハニーソルトピーナッツなんかより、殻ごとゆでただけの方が好きだ。紘は、そうして食べたことがなかったらしく、初めてゆでてあげた時、半信半疑な様子で殻を割って口に入れた。どうよ、と目で問いかけたら、笑って頷いた。しっとりと湿ったピーナッツは、噛み締めると滋養に満ちた味がする。油気と水分が瞬時に入り混じって口の中に膜を張る。なんだって落花生の殻って、こんな変な形をしてるんだろうなあ、と彼が呟く。おいしくて変な形をしているものは、世の中に山程ある。綺麗でまずいものだって沢山ある。紘のあそこは変な形だ、と私は言う。美々ちゃんのあそこだって変な形だ、と彼も言う。そして、続けた。美々ちゃんは、心も変な形だ。私は、他に変な形のものを捜し出そうとした。色々なものが頭に浮かぶ。でも、私たちの間柄ほどじゃない。

一度、帰宅予定時刻になっても、紘が帰らないことがあった。少し前にガスの抜け切っていないスプレー缶が原因で清掃車火災が起きたばかりだったので、私は、怯えた。起り得る災難すべてを考えてみた。運転手が宿酔で事故を起してしまった場合。職業病の腰痛が急に悪化した場合。班替えで組んだ作業員と気が合わなくて殴られ、意識不明になっている場合などを。

その日は、確か、おでんを煮込んでいた。お肉屋さんでまけてもらった牛すじが、たっぷりと入っているやつだ。手羽先も、骨と関節に包丁を入れられ焼かれるばかりになっていた。柚子胡椒とはちみつをたまり醬油で溶いたたれに浸して食べるのだ。もちろん、野菜も忘れない。胡麻油を入れた熱湯でゆでた青梗菜《チンゲンサイ》にオイスターソースをかけるつもりだった。

料理の神様がくれた凪のような時間は、とうに過ぎていた。私は、十分おきに時計を見た。時を刻む針は、もう味方ではなくなっていた。何かあったら連絡が入る筈だ。そう思った瞬間、愕然とした。もしも、紘が自分で連絡出来ない事態に陥った時、いったい誰が電話をしてくるというのだろう。私がここにいることなど誰も知らない。集積作業中に出会った人妻と暮らし始めているなんて、彼が吹聴する筈もない。私は、誰にも知られず、そして、どこにもいない人。

土鍋が音を立てている。私は、床に座り込んだ。紘に食べさせることに情熱を傾ける意味をようやく考えた。証明したかったのだ、と思った。使い終わったそれまでの人生が無駄ではなかったことを。もう一度生き直すには、あやふやな観念なんてお呼びじゃない。食べること。セックスをすること。眠ること。彼のそれらの行為に、自分が、どの女よりも有効であるのを確認したかった。空腹を満たすことから、すべては始まる。私は、彼の始まりを独占しようとしていたのだ。そして、彼の始まりに、私も便乗する。そうすれば、抱き合うことが出来る。同じ夢を見ようと約束出来る。二人にしか意味のないものが、次々と生まれ続けて、彼は手入れせずにはいられなくなる。その時こそ私は息を吹き返す。

私は、紘を利用している。だから、いなくなった場合を考えて不安になっているのだ。そう思って楽になろうとする。自分はずるいのだ、とせせら笑おうとする。それなのに、不在の人を恋しく思う時、流れる湯気は、どうしてこんなにも、心を気弱にするのだろう、食べてもらえないかもしれない料理を痛ましく感じさせるのだろう。会える確信があるから待つのは楽しい。食べてもらうからこそ料理は至福。帰って来なかったら許さない。この先、どんなことでも、必要なら私を利用してもいい。だから、今は、もう少し私に利用させて。

待ちくたびれて、不安が絶望に変わりそうだった。私は、紘の事務所に電話することを思いついた。働いている何人かの名前は彼から聞いて知っていた。台所の隅に置いてある東京二十三区清掃協議会のパンフレットを開いて電話番号を調べようとしたその時、ドアに鍵が差し込まれる音を聞いた。

いつもと変わらない様子の紘の顔を見た瞬間、ほっとすると同時に、腹が立って来た。まるで、帰りの遅い夫を咎める妻みたいだ、と思った。そんな妻になったことなかったけれど。遅くなった詫びも入れずに平然としてるよ、この男は。理不尽にも文句を言おうと近寄ると、あ、あんまり近付かない方がいいかも、と手で制す。今日、頭から汚水かぶっちゃってさあ、作業の途中で風呂入りに戻って、終わった後にもシャワー使ったんだけど臭い取れなくってさ、食堂のごみ。残飯の水くらい切っといて欲しいよなあ。そう言えば、少し臭うような気もするけど。でも、どうしてこんなに遅くなったの？　と、私は、そのことに気を取られている。臭いままで帰ったら美々ちゃんに悪いかなあと思って事務所でほとぼり冷ましてたら、岡部さんが気の毒がって、一杯御馳走してやるって言ってくれて、だって。ほとぼりって、そんな時に使う言葉か？　それに飲んだのは一杯だけじゃない筈だ。彼のグラスを傾ける速度に、今一番詳しいのは私なんだから、と怒ろうとしても無理だった。私は、彼の体に飛び付いた。あ、待てよ、も一回風呂入るから。駄目、待てない。そう言う私を突き離そうとしたけれども、彼は観念したらしく、今度は、きつく抱き締めた。臭くない？　彼は聞いたけど、全然、と私は言う。焼鳥の匂いがするよ。彼は、困ったように白状した。少しだけ食べて来た。何本？　二本。嘘だ、五本は食べて来たでしょう。彼は、あっさりと認めた。でも、ちゃんと、美々ちゃんの料理の分は、おなかを空けてる。美々ちゃんの夕ごはん食べないと、一日が終わらないもん。私は顔を上げる。え？　始まりじゃなくて終わりだったの？　私は、始まりに便乗して、彼は、終わりに便乗する。そんな利用の仕方を続けていたら、愛情に近付いちゃうよ。私が彼の胸に鼻をこすり付けて啜っていると、唐突に言った。美々ちゃん、だんなと別れな。おれら、本式になろう。そして、片腕で私を抱いたまま土鍋の蓋を開けた。うおー、おでんじゃん！　うまそ。その感嘆の声につられて振り向くと、彼を待ちわびた分だけ、大根は飴色を深くして、私は、今も、ここにいる。

あの日以来、紘は、夕食に遅れる時には、必ず電話を入れるようになった。ルール守るって気持いいな、ひとり満足気に頷いている。私は、と言えば、いまだ重大なルール違反を犯している感はいなめない。もちろん、ごみは、前にもまして正しく出しているけれど。

そろそろ紘が帰って来る時刻だ。今日は時間通りだと言っていた。ミネストローネが良い具合に煮えている。塩胡椒して味をととのえる。パセリをみじん切りにして、たっぷりと投入する。そして味見。抜群。電話が鳴っている。彼だ。まさか、急に飲みに行くことになったとか言うんじゃないでしょうね。もうオーヴンに予熱入れちゃったよ。紘が、ローンを組んで買ってくれたオーヴン。

妹だった。買い替えた携帯電話の番号を妹にだけは教えてあるのだ。そして、彼女は秘密を守ってくれている。私の味方になる気はないが、とてもじゃないけど両親や夫たちには言えないとのこと。理由はある。彼女は、もうすぐ結婚するのだ。自分で見つけた、親も満足するような、彼女いわく、最高の男と。その縁談に支障があってはならないからと、はからずも、必死に私の味方になってくれている。

「お姉ちゃま、私の結婚式、いつだか覚えていてくれてるわよね」

お姉ちゃまとか呼ぶな、気持悪い、と私は思った。彼女の言葉づかいに代表されるあの家のすべてが嫌いだった。がさつな子、といつも言われて来た。気が弱くて何も反論出来なかったけど。

「出てくれるんでしょう?」

「わかんない」

「解らないことないじゃない。お義兄さまだけひとりで出席したら、招待したお客様たちに変に思われるわ。パパもママも、何も知らないのよ。お姉ちゃまのしたこと、お義兄さまのおうちでは黙っててくださってるのよ」

くださってるって……世間体とか出世への影響を考えて隠しているだけじゃないか。私は黙り込んだ。いつだって、妹のように正論を展開することが出来ない。

「あんなことをしたんだもの。お義兄さまのおうちの方たちに合わせる顔がないという気持も解るわ」

「そんなんじゃない」

妹の溜息が聞こえた。

「お姉ちゃま、悪ぶったりしても無駄よ。私にだけ、この番号を教えたのはどうして? 元の生活とつながっていたかったんでしょう? 自分の思う通りのことをやってのけて満足かもしれないけど、何かの時のために、ちゃんと逃げ道残してる。ずるいじゃない。正正堂堂と姿を見せなさいよ。私の結婚式だけは何食わぬ顔をして出てちょうだい。それだけしてくれたら、もう何も言わない。この番号も消去して欲しいなら、そうする」

おっしゃる通り。その点に関しては言葉もない。正論。頭を床に付けて謝りたい気分だった。誰に？　私を取り巻くすべての人々に、だ。もちろん、紘にも。両親なんて嫌いだ。妹も、夫の家族も大嫌いだ。でも、好きな人に対するのと同じ角度で頭を下げたい。

「ほんとのこと言うと、お義兄さま、私を呼び出して打ち明けたのよ。誰にも言わないで欲しいって。私は、知らない振りを通した。お義兄さま、お姉ちゃまがどういう人と関係を持って、どこに住んでいるかも知っているのよ。興信所を使って調べたのよ。お姉ちゃまが、あそこのおうちを出る前から、相手の男の人の素性を知っていたのよ」

そういう気がしてた。あの人は、私に関するすべてのことを明らかにしないと気がすまない人だ。それなのに、私を追いかけないというのも彼らしい。

「もう一度言うわ。結婚式には、絶対出てちょうだい。来てくれなかったら、一生恨むわ」

「あの人、後、なんて言ってた？」

「え？　もしも戻って来て、元通りに生活したいって言ったら死ぬまで許さないって。でも、区切りを付けるために戻って来るなら、その男に喜んでくれてやる、ですって。何不自由ない生活の威力を思い知れって。どうなの？　もう思い知った？」

それには答えずに尋ねた。

「どうして、あなたに打ち明けたのかしら?」

「さあ? プライドを捨てたってことじゃない? 捨て場所が、私しかなかったんだと思うわ。お姉ちゃまは、お義兄さまにとってのそれになれなかったということよ。ひどい人」

とにかく結婚式には出席するようにと念を押して妹は電話を切った。

私は、しばらくの間、調理台にもたれかかったままだった。嫌な奴、と夫のことを思った。と同時に、ようやく嫌な奴に成り下がってくれた彼に、私は心から感謝しているのだった。それは、彼以上に自分が嫌な奴であるのを確認することでもあった。

少々煮込み過ぎたミネストローネを、もう一度味見してガスの火を消した時、紘が帰宅した。美々ちゃーん、ちょっと手伝ってくんなーい? 玄関でそう呼ぶので行ってみると、ドアの外に二人掛けのソファがあった。どうしたの? これ。いいだろう、と彼は得意気にソファの背を撫でた。粗大ごみ、頼み込んでもらって来た。ラブチェアって言うんだろ? こういうの。おれらにぴったしじゃん。私は、ふらふらとそのソファに座り込んだ。古びた真紅の皮張り。ところどころすり切れてスポンジがはみ出している。私の横に彼も腰を降ろした。二人の体が、すっぽり収まる大きさだ。気に入った? その問いに答える代わりに、私は彼に身を寄せて、その肩に頭を載せた。彼は、私の体に腕を回し、おれと美々ちゃんの特等席だな、なんて言う。今、解った。夫の言う何不自由ない生活と、私の思うそれは、決定的に違っていたのだ。あの人が悪かった訳じゃない。ひどい人、と妹に言われた。それで良い。ひどい女だからこそ、私は、このソファを手に入れることが出来た。結婚式には出る。ルール違反を正すのは、その時だ。

私たちは、部屋の中にソファを運び込んだ。それは、炬燵やらテレビやらを、どうにかこうにか移動して作った空間にぴたりと馴染んだ。紘は、早速そこに座り、ビールを飲んでいる。私は、つまみの落花生を出し、台所に戻って、オーヴンにクロスティーニを入れ、ミネストローネを温める。ざるに空けておいた米を二合炊きの土鍋に入れて準備する。フライパンにバターを落とし、オリーブ油でゆるめて熱くする。レディ　フォー　ディナー。

紘は、相変わらずコトレッタ・アッラ・ミラネーゼにソースをかけている。その無粋は許す。このソース、なんでこんなちびちびしか出ねえの？　と不平を言う。でも、リー・アンド・ペリン。この銘柄だけは譲れない。

紘の旺盛な食欲を喜びながら、私の内に湧き上がって来るものがある。結婚式には出る。私は、もう一度心の中でくり返す。ソファの赤が目に痛い。これを手離さないために、今度こそ、私は私を捨てに行く。食べないの？　美々ちゃん。目の前の男は、私の決意などものともせずに、頬を膨らませて、仏さまの骨を咀嚼するばかりだ。

風味絶佳

ユニフォームのポケットから、森永ミルクキャラメルの黄色い箱を取り出した場合。

それに目をとめたたいていの人は、懐し気な表情を浮かべる。今時、珍しいねえ、と言う。昔、遠足に持って行ったよ、あるいは、子供の頃を思い出すねえ、などと続ける。そのたびに志郎は、このキャラメルが人々の遠い過去になっていることを知る。ところが、今でも祖母の不二子は、これを私の恋人と呼んでいる。いつもバッグの中に入れて持ち歩き、事あるごとに口に入れている。糖尿病になるから控えた方が良いと注意しようものなら、彼を馬鹿にしたように見て言い返す。脳みその栄養分は糖でしか取れないんだよ、甘いもので生きている可愛らしい代物が脳みそなんだよ、そんなことも知らずに二十一年も生きて来たなんて、ああ、私の孫と来たら、なんというイディオットな……云々……と続くのである。イディオットって何？　などとはもう尋ねない。ぬけ作のことに決まってるじゃないか！　と、以前、頭を小突かれた。それも、七十歳の老人とは思われない程の強い力で。私の脳みその皺は、このキャラメルのおかげで増えた、と彼女は言う。それでは、その顔の皺は何のおかげで増えたのか。そう問いたいところだが、どのような仕打ちが待ち受けるか解らないので口をつぐんでおく。キャラメルが恋人だなんて。それでは恋人とはなんなんですか、と尋ねたことがあった。すると、必需品に決まってるじゃないの、と返って来た。そして、また、ああ、私の孫と来たらなんてイディオットなのだろう、と体を震わせるのであった。とりあえず、これでも舐めて頭を働かせなさい。そう言われて、口に放り込まれ続けたキャラメルは、いつのまにか、彼にとっても必需品となっている。ただし、恋人と思える程には、愛せない。人々の遠い過去になった味は、祖母にとっては現役だ。自分がそのとばっちりを受けているような気がしないでもない。思えば、ものごころ付いてからというもの、彼女に、さまざまな趣味やら嗜好品やら習慣やらを押し付けられて来た。成長してからは気恥しくて、それらを隠すように心を砕いて来たが、つい垣間見せてしまうこともある。そのひとつが、ユニフォームのポケットから煙草と間違えて出してしまうミルクキャラメルなのだった。

働いている立川のサーヴィスステイションに給油に来た祖母を、ついうっかりグランマと呼んでしまった場合。

初めて、それを耳にした所長は感心したように志郎を見た。山下くんは、何かい？　例の帰国子女とかいうやつなのかい？　などと言われて、しどろもどろになった。いえ、別にそういう訳ではないんですが、などと言い訳する彼の横に停めた車の窓から、祖母は、一向に意に介する様子もなく汚れた灰皿を差し出した。

「あのさあ、何もここにわざわざ来なくっても、別のSS《エスエス》行けば良いじゃん」

「ふん、孫のところの売り上げに貢献して何が悪い！　それに、何度言ったら解るんだい？　金輪際、SSなんて言い方、私にしないでちょうだい。私の孫の仕事場は何だっけ？」

「……ガ、ガスステイション」

周囲の人々に聞かれないよう声をひそめて答えた。祖母は、満足気に頷き、キャラメルの紙を剝き、自分の口に入れた。助手席の若い男にも同じことをしたのを、志郎は、車を誘導しながらも見逃さなかった。仕事を終えた後、バイト仲間たちが、その光景をおもしろがり、彼を散々からかうであろうことを予想して、すっかり気持は暗くなっていた。

バーバ、と呼んだ時に、祖母がぴしゃりと自分の手の甲を叩いた日のことを、志郎は良く覚えている。それが、彼女に関する最も古い記憶かもしれない。泣きそうになる彼に、彼女は言った。私のことは、グランマとお呼び。有無を言わせぬ威厳に満ちた声音だった。その横で、母がうんざりした表情を浮かべていた。確か言った筈だ。お義母さん、この子は日本人なんですから、とかなんとか。彼が明確に覚えているのは、祖母の次の言葉だ。

「おだまりなさい！　あなたが私を、マムやマザーと呼ばないのは、もう諦めています。でも、志郎にとっては、私は、グランマ、それしか呼び名はないんです！」

おばあちゃんは頭がおかしいのよ。母は何度そう言って息子を味方に付けようとしたか解らない。しかし、母が悪口を言えば言う程、志郎は祖母に近付きたくなるのだった。頭がおかしい人というのは、なんて楽しいのだろうと子供心に思っていたのだ。それに比べると父や母は、あまりに正当でつまらない。その思いは、彼が大学に行かずに、とりあえずガソリンスタンドで働いてみると言い出した時に決定的となった。

両親は猛反対した。何故とりあえず大学進学ではなく、とりあえずガソリンスタンドなのかがどうしても理解出来ないようだった。志郎自身にも解らなかった。ただ大学に行く必要を感じなかった。そして、車に関する仕事をしたかっただけだ。大学を卒業してから車関連の会社に就職すれば良いではないか、という父の意見は、とてつもなく先を見越しているようで、遠さに目の前が暗くなった。その時のために、今、受験勉強をすることを考えただけでうんざりした。志郎にとって一番先に回避すべきは受験勉強だった。進路の選択は、そこから始まっていた。

一向に埒が明かない話し合いに困り果てて、志郎は、祖母の住む福生に出向いた。誰かを味方に付けなくては、と思ったのだ。中学生の妹では、まったく役に立たない。祖父は、とうに亡くなっている。残るは、ただひとりだ。そして、その人は最強の味方になる筈なのだ。父は、独自の道を行く彼女に、まったく頭が上がらない。

祖母は、横田基地の側のバー・ロウと呼ばれる区域で小さなカウンターバーを営んでいる。昔から住んでいる人々が、今でも赤線と呼んでいる界隈だ。米兵相手に繁盛していた頃とは違って、日本人相手の風俗関係の店が増えている。それでもやはり、アメリカの匂いは色濃く残っていて、週末には都心から沢山の人々が遊びに来る。基地の前を走る十六号線には、洒落たレストランや雑貨屋が立ち並ぶ。

祖母の店の名は「Ｆｕｊｉ」という。壁には、アメリカ人の描いた富士山の絵が飾ってある。銭湯じゃあるまいし、と志郎は思うが、本当のところ、彼は銭湯に行ったことがないので、想像するだけだ。条件反射で裸のつき合いをしたくなるおやじとかがいるんだろうなあ、と。

志郎の決めた進路について、それは良いことだ、と祖母は言った。ただし、と彼女は続けた。

「ガソリンスタンドって言い方を変えてくれれば、あんたの父親に意見するにやぶさかではない」

「……サーヴィスステイションならいいの？　皆、ＳＳって呼んでるみたいだけど」

「ばかもの!!」

祖母は、カクテルスプーンでカウンターを叩いた。志郎は身を縮めて、また妙なことを言い出すのだろうと次の言葉を待ち受けた。

「ガスステイションと言いなさい」

ガスというよりギャスに近い発音で、祖母は言った。あのアメリカかぶれは、もうどうしようもない、となかば諦めたように呟いた父の顔が頭に浮かんだ。逆らうと百倍になって返って来るから聞き流しなさい、と母を諭していたたっけ。

若い頃、基地のオフィサークラブでカクテルウェイトレスをしていた祖母は、客のアメリカ人の男と大恋愛をして、結局、相手に逃げられたそうだ。大恋愛というのは、祖母談で、逃げられたというのは、父談である。恋の痛手を抱える妙齢の憂いをたたえた美女に夢中になった祖父は彼女に求婚し、志郎の父が生まれた（祖母談）。捨てられた憐れな女を放っておけずに情けをかけている内に女は妊娠してしまい罠にかかった祖父は結婚する破目になってしまった（父談）という説もあるが。いずれにせよ、アメリカ男との熱烈な恋という、人生で一番印象的な出来事を保ち続けたまま生きて来たのが志郎の祖母なのである。そんな祖母を暖く見守って来た（祖母談）、あるいは諦観に幸せを見出した（父談）祖父は、志郎が幼ない頃に死んだ。いや、祖母の言葉を借りるなら、天国に召された。エイメン（志郎の家は無宗教だが）。

「ガスステイションで働くなんて、すごく良いアイデアだ。さすが私の孫だね。あそこにはロマンスがあるよ。流れ者が必ず立ち寄る場所じゃないか」

「……流れ者」

何か勘違いされている感はいなめなかったが志郎は黙っていた。彼は、祖母の傍若無人さに賭けた。そして、期待通り、彼女は見事に父を説得した。次は、ひとり暮らしに向けて、金を貯め、策を練ることだ。自活って、何故こんなにも手続きを踏まなきゃ手に入らないのだろう。ともかく洗車やオイル交換の注文を誰よりも取ることだ。それが自分の稼ぎになる。そう思うと気が抜けない。想像していた以上に能力主義の職場で、彼は自分の甘さを痛感している。給油した後のキャップを締め忘れたり、リアウィンドウを拭いた後にワイパーを下ろし忘れたり。最初の頃は、そんな失敗ばかりしていた。レギュラーと間違えて軽油を入れてしまいそうになったこともあった。そんな彼を控え室で怒鳴りつける従業員もいたし、自分もそうだったからと懇切丁寧に指導してくれる先輩アルバイトもいた。皆、彼よりもはるかに、車に関しても扱っている商品についても詳しかった。彼は、唇を噛んだ。とりあえず大学進学、というのと同じレベルで、この職場を選んだ人はいないように思えた。

「弱音吐いてんじゃないよ、みっともない。石の上にも三年って言うだろ。三年経ってそれでも足手まといになってたとしたら辞めておしまい。迷惑だから、さっさと予備校にでも入り直して受験勉強したらどうかね。私の孫は、もっとタフでなきゃいかーん!」

そう祖母に叱咤されてから早や三年近く。志郎は、とうに仕事に慣れて、今では新人に指導している。仲間も出来、所長にも可愛いがられ、嫌な客に遭遇しこそすれ、悪くない毎日を送っている。中神に安アパートを借りることも出来たし、気になっているアルバイトの女の子とも上手く行く予感がしている。問題は、流れ者志願の祖母が、彼の働くサーヴィスステイションに、頻繁に給油に来ることである。

七十歳を超えた御婦人が、若い必需品を隣に乗せているのを平然と受け止めなくてはならない場合。

祖母は、いつも、志郎とたいして違わない年齢の男を連れているのだ。それも、いつも別人である。あの人たちは山下の親戚か何かか、と最初に尋ねられた。首を横に振った。おばあちゃんはバーをやっているということだが、そこの従業員なのか。これも否定した。それじゃあ、あいつらは、おまえのばあさんの何なんだ。

「ボーイフレンド、だということです」

答えた途端、自分の頬が赤くなるのが解った。周囲がざわめいた。やるじゃん、と誰かが言った。いや、いくつになっても異性の友達は必要だよ、と居合わせたエリアマネージャーが頷いた。でも、ちょっと変かもー、とアルバイトの女の子が笑った。まあ、元気で何よりだべ、と所長が締めくくった。

皆、微妙に勘違いをしている、と志郎は思った。祖母が言うところのボーイフレンドとは、いわゆる男友達のことではない。ましてや茶飲み友達とは、まったく意を異にする。

前に、祖母が店のカウンターで、物慣れない若い女の客を叱りつけたことがあった。隣に座ったアメリカ人の男に、ボーイフレンドはいるのかと尋ねられて、愛想良く微笑んで沢山いるの、と答えたのだ。その瞬間、祖母は、腹を立てた時に必ずそうするように、カクテルスプーンでカウンターを叩きながら声を荒らげた。

「そんなこと言っちゃいかーん!! 寝た男にだけボーイフレンドという称号を与えるもん

だ」

女の子は、小さな声で、すいません、と謝った。その様子を隅で見ていた志郎は、ああ、と頭を抱えた。ただでさえ少ない客が、また減ってしまう。風前の灯のさびれたバーの店主だという自覚が、あの人には、まるでない。

ところが、志郎の予想に反して、その女の子は常連になった。今では、本当にボーイフレンドが沢山いる女になったのだと祖母は言った。そういうビッチには敬意を払うのが信条なのだそうだ。

しかし、いくらなんでも、祖母と助手席の男たちとの間に肉体関係が生じていることはあるまい、と志郎は自分に言い聞かせている。ただ、必需品なのだろうとは思っている。あのミルクキャラメルのように。

「おまえのばあちゃんを、うちのＳＳのスターと呼びたいね」

同僚の村松が言った。祖母のカマロが入って来て、計量機に誘導する時、わくわくするのだそうだ。あ、おれも、と何人かが同意した。なんでだよ、と志郎は困惑する。帰国した退役軍人から譲り受けた中古とはいえ、あんな派手な車に乗りやがってと、彼は、自分が好奇の視線にさらされているように感じるのだった。傷だらけでも磨かれた赤。祖母の真っ白な巻き髪との対比は異様に映る筈だ。

親切に祖母に対応してくれていた村松だが、ある時、彼女を怒らせた。注文機に担当番号と内容を打ち込む前に、こう言ってしまったのだ。

「おばあちゃん、いつも通りでいいっすよね」

祖母は、カクテルスプーンの代わりに車内に置いてあった扇子で、開けられた窓の縁をぴしゃりと叩いた。

「私は、あんたのばあちゃんじゃなーい!!」

村松は何故怒られなくてはならないのだ、というような憮然とした表情を浮かべて、給油口にノズルを入れたり、窓を拭いたり、黙々と作業をこなしていた。その間じゅう祖母は、腕を組んで前を向いていた。志郎は隣の給油口から、その高飛車な様子をうかがっていた。後で謝らなくては、と思った。なんて年寄りだ。人に親切にしてもらってるのに。

ところが、支払いの際のやり取りで、村松は相好を崩していた。祖母も肩をすくめて笑っていた。助手席の必需品は満足気に頷いている。ステップを踏むような御機嫌な調子で祖母の車を誘導して送り出した後、村松は戻って来た。志郎は、おずおずと尋ねた。

「あの、うちのばあちゃん、また何か……」

いやあ、と言って、村松は志郎の肩を叩いた。

「不二子って呼んでくれって言われちゃったよーっ!! そしたら、あのボーイフレンド……っていうの？　そいつが、ぼくは、不二ちゃんて呼んでますだって。おれもそう呼んで良いんだってー。これから、マジ、そう呼ぶ。不二ちゃーん!!」

え、マジ？　可愛いじゃん、と誰かが言った。

「な、可愛いべ」

「おれも、そう呼ぶ」

「私も、そう呼ぶ」

「駄目だって、おれだけだって、それ使えんの」

その日から、山下のばあちゃんは、不二ちゃんになった。志郎の目の前は暗くなった。悪夢って、こういうことかも。

たとえば、レディファーストを心掛けようとして、女の子にうっとうしがられて嫌われる、もしくは、勘違いされて好きになられる場合。

いつだって、どのような時だって、女、優先。祖母は、それを貫いていた。幼ない孫に対しても強要した。彼女と一緒の時に、志郎は電車やバスの座席に座ったことはなかった。ひとつ空いていれば彼女に譲る。二つ空いていたら、もうひとつを側に立っている別な女に譲る。ようやく自分のための席が空く。座ろうとすると、またひとり別な女が乗り込んで来る。世の中には、なんて沢山の女の人がいるのだろうと、疲れた脚をなだめながら溜息をついたものだ。きりがない、と呆れた。女がいる限り、男は疲れたままなのだ、と子供心に悟った。やがて、立ったままでいるのが苦痛でなくなるくらいに体が出来てくると、乗り物の中では座らないのが彼の習慣になった。

仕込まれたことは山程ある。重い荷物は女に持たせてはならないとか、ドアは先に開けて押さえておき女を先に通すとか、お酌はさせるものではなくするものである、など。自分が店で酌をするのは、金銭と引き替えのギブ　アンド　テイクであるとのことだった。その割には、いつも客に酒をつがせていたが。

父に対しても同じだったらしい。彼は、その反動からか、家では殿様のように振る舞っていた。外出の時には、彼の後ろから母が小走りで付いて行った。風呂に入る際には、母が父の背中を流すのが決まりだった。それが終わると母は、大急ぎで酒の肴を何品も用意し、殿様の御膳を整える。そんな両親の様子を見て、女を優先させる方が、余程気楽じゃないか、と思うようになっていた。いつも、自分のために女が待機しているなんて、考えただけで、うんざりする。

そんな父が、祖母を前にした時だけ紳士のような振る舞いをするのは、おかしかった。

志郎たちの視線を意識して、これは本意ではないのであるぞ、と言わんばかりの態度を取るのである。それが、これ見よがしである時、祖母は、父の手の甲をぴしゃりと叩き、レディに対して心がこもってない、と言う。隣で、母が、私の旦那様に何するのよ、と言いた気に、にらんでいる。もちろん祖母は、気になんかしやしない。私の方がつき合いは長いと思っているに違いない。父が唯一かなわない人。志郎も妹もそのことを知っているから、父が横暴な態度で二人を押さえ付けようとする時、彼女の許に駆け込んだのだ。そして聞く言葉は、知っているどの大人のものとも違っていて、子供心を手ごめにした。

いつのまにか、祖母のいいように仕込まれた。志郎は大人になるにつれて、そう感じるようになった。もう彼女の威厳は畏敬の対象ではなくなっていた。今では、滑稽にすら思う。彼にとって、アメリカが憧れであったことなどない。かと言って、ある種の人々のように嫌いであったこともない。基地に程近い土地で生まれ育った人間にとっては、その国の風味は日常であった。どこかに出掛ける時に、まず青梅線の車両に乗るというのは、そういうことだった。立ち並ぶ輸入雑貨店、アメリカンダイナーのような食べ物屋、怪し気なバー・ロウのクラブ、フェンスの向こう側。それらを熱烈に愛する人々も、強烈に嫌悪する人々も、彼や共に育った友人たちにとっては無縁だった。祖母だって、そうなのではないかと彼は思う。彼女は、ひとつの国に影響を受けたのではなく、ひとりの男によって形造られたのではないか。惚れた男に降伏したまま今に至っているのではないか。そんなふうに感じるのである。

それ、止めてくれないかな、と言われたことがある。高校生の時だ。その時、志郎は、つき合っている女の子の買い物袋を尋ねることなしに持ち運ぼうとした。怪訝な表情を浮かべる彼に、彼女は言った。

「いつもいつも、私のしようとすること先回りしてさ、そんなに私が何も出来ないと思ってんの？　もううんざり」

そんなつもりではないと言い訳する前に、彼女は、自分の荷物を引ったくった。

「あんた、気持悪いよ。もうちょっと、男らしくなれないの？　私は、おれに付いて来いって感じの男が好きなの！」

そう言われても、と志郎は思った。付いて来られるなんて、うっとうしいじゃないか。だいたい付いて来いと言う程の行き場所など自分は持っていないし。言葉を捜しあぐねている内にふられた。あんたの優しいとこ鼻につくよ、と捨て台詞を残して彼女は立ち去った。彼には、優しいという意味が良く解らない。

優しいから好きだ、と言われた時もそうだった。これも高校生の頃だ。自分は、その子に優しい気持などになったことはなかった。たまたま同席した時に昼食のトレイを下げてやっただけだ。コートを着せかけてやったこともあったかもしれない。

もしかしたら、と志郎は思う。自分が思うところのマナーと人の目に映る優しさは、限りなく似ているのかもしれない。本当は全然違うのに。祖母が叩きこんだレディファーストとやらは、どうやらあまり役立たないもののようだ。しかし、それをレディに限定しないことを覚えた途端、仕事場でのメンテ収益は上がり始めた。山下は客受けが良いからな、と所長に誉められることもしばしばだ。気分が良かった。生活が軌道に乗り始めたのを感じた。女の良いところがあれば、それを事実のままに伝える、それが誉めるってことなんだよ。昔、祖母の言ったことが蘇った。男に対してだって同じだ。それを信条にすると、世の中はなついて来る。


女の子の話を常に尊重すると、良いことがあるかもしれないと思う場合。

アルバイトの後輩の渡辺乃里子は、山下さんといると気分が良くなる、と言った。終業後に、二人で酒を飲みに行った時のことだ。油臭いから、いったん家に戻ってシャワーを浴びて来る、という彼女を立川駅のスターバックスで待ちながら、志郎は、その日の出来事を思い出していた。

乃里子は、サーヴィスステイションに入って来た一台の車種を確認した途端、休憩時間が終わったばかりだというのに、控え室に走り、なかなか出て来ようとしなかった。雨降りの翌日の快晴。こんな日は、洗車を頼む客が多いので忙しい。おまけに、タンクローリーが給油に来ている。所長は腹立ちを客の前で見せないようにしていたが、やがて我慢出来なくなったらしく、志郎を呼び付けて、彼女に戻るように伝えて来いと言った。

控え室に行ってみると、乃里子は、椅子に腰を降ろして下を向いていた。

「渡辺さん、そろそろ戻らないとまずいよ」

「解ってる。でも、もう少しだけ」

「もしかして、あのアウディに関係あり？」

乃里子は顔を上げた。

「ただ顔を見たくない人だったってだけよ」

志郎は、車の窓から探るように店内をうかがっていた男の顔を思い出した。

「山下さんにはいないの？」

目で問いかけると、乃里子は続けた。

「もう顔を見たくない人」

「いない、と思う……」

志郎が答えると、彼女は笑いながら立ち上がった。

「じゃ、誰もほんとに好きになったことなんてないんだね」

一瞬、馬鹿にされたのかと思い、むっとしたが、そうではないようだった。彼女は、彼の背中を叩き、控え室の外に促した。

「だから、山下さんといると気分が良くなるんだ。羨しい」

可愛い子だとは思っていた。いつか飯でも誘ってみようと機会をうかがっていた。従業員の誰もが彼女に好感を持っていた。志郎は、彼女が人々に与える印象そのものが好きだった。素直に教えを乞うような態度。無垢な感じに見えた。けれど、控え室を出て行く後ろ姿をながめながら、彼女は一瞬にして、自分の中で違う人間に変わった、と志郎は不思議な気分に包まれるのだった。彼女の笑顔の裏側には、見たくもない人々が隠れている。そう思うと好奇心が生まれた。彼女はもうアルバイト先のちょっと魅かれる女の子ではなくなった。知りたいという意欲を持たせる女になって、彼に自分を誘わせた。

居酒屋で、乃里子は、良く食べて飲んだ。二人は、好きな車について話し合い、仕事場の仲間たちを親しみを込めて馬鹿にし、互いの知らない自分の情報を交換した。

「前に働いてたSSより、今のとこのが、ずっと楽。皆、親切だもん」

「渡辺さんのこと、皆、好きだからだよ」

「山下さんのことも、皆、好きだと思うよ」

「そう？　おれらって好かれてる？」

「うん。好かれてるもの同士だよ」

志郎は得意になった。あのサーヴィスステイションが、かけがえのない居場所のように思えて来た。どんなに感じの悪い客がやって来ても許せるように思えた。所長のかける演歌のＣＤも心地良く聴けるような気がして来た。煙草のけむりで窒息しそうな控え室での休憩時間が、悪友とはしゃいだ高校時代の休み時間に重なった。あの時も、彼は好かれていた。剽軽な彼に悪意を持つ者は誰ひとりいなかった筈だ。別れた何人かの女の子たちでさえ。

「そう言えば、不二ちゃん元気？」

「え？　ばあちゃんのこと？　元気だよ。あの人が元気じゃなかったのなんて見たことない」

乃里子は笑った。

「ばあちゃんだなんて。グランマって呼んでたんじゃないの？」

志郎は、酒で熱くなっていた頰が、さらに赤くなるのを感じた。

「……あれは、あの人がそう呼べって言ってるだけだから」

「いいじゃん、ずっと、そう呼んでるんでしょ？　変えることないよ。私、不二ちゃんのこと好きだよ。山下さんのこと好きだってことは、不二ちゃんのことも好きだってことだよ。不二ちゃんは、山下さんに、おつゆみたいに、じわっと染み込んでるよ。ほら、これみたいに」

　乃里子は、小鉢に入った高野豆腐の含め煮を箸で押した。ほとびた高野豆腐から、出汁が溢れて来る。彼女は、それを口に入れて目を細める。

「ゆっくりと手間をかけて煮含めたものっておいしいねえ」

「それ、おれのこと言ってる訳じゃないよな」

「ええ？　高野豆腐だよ。私、お出汁が染み込んでるものが好きなの。おでんのがんもどきとかも好き」

「さっき、おれのこと好きって言った」

「うん、言った。悪い？」

　志郎は首を横に振った。悪い訳なんかない。彼の背後に常に控えている祖母を当り前のように受け止めてくれる女の子に初めて会ったような気がする。彼は、久し振りに照れることなく、祖母について語り始めた。耳を傾けていた乃里子は、好きなんだね、不二ちゃんのこと、と感心したように言った。そうだ、と彼は思った。好きで何が悪い。自分のまわりの人は、必ず誰かに好かれていて欲しいじゃないか。

志郎が乃里子をＦｕｊｉに誘ったのは、それからしばらく経ってからのことだった。二人共、翌日は遅番だったので時間は充分にあった。平日のバー・ロウは人気《ひとけ》がなくて、夜は、静かに、彼らを待ち受けていた。カウンターには、ひとりカードで遊ぶアメリカ人が座っているだけだった。

祖母と乃里子は気が合ったようで、志郎をそっちのけにしてはしゃいでいた。彼が加わろうとすると、ガールズトークだよ、と言われた。ラッキー・ストライクを口にくわえたガールなんてあるものか、と彼は心の中で悪態をついた。

「名前がフジコでしょう？　マウント・フジと関係があるのかって聞く訳よ。だから、前髪を上げて、富士額を見せるの。そうすると、そのちっちゃい富士山にキスさせてくれって言う人、多かったわ。すごく気に入った男だったら、別な場所にも富士山がって……」

そう言って、祖母は、乃里子の耳許に唇を寄せて、何やらひそひそと囁いた。途端に乃里子は、のけぞって笑い出した。どうせ下世話な冗談を言ったに違いない、と志郎はうんざりして彼女たちを見た。

「グランマ、渡辺さんに変なこと言わないでくれないかな」

彼女たちは、志郎を一瞥した後、見詰め合って吹き出した。

「上唇のことを言っていたのよ」

「なんか嫌らしいこと想像したりしたの？」

勝手にしてくれ、というように、彼は手を振り、ビールをグラスに注いだ。カードゲームに飽きたアメリカ人が、米軍払い下げの古びたジュークボックスの前で曲を選んでいた。ミリー・ジャクソンが流れて、ここだけ時代は逆行する。基地のゲイトでは、百パーセントＩＤチェックの御時世なのに。今時、アメリカかぶれ。父は、そう言って祖母を困り者のように扱っている。それは、正しくもあり、そうではないようにも思える。彼女は、自分の内にのみ存在するネバーランドを大事に保っているだけなのだ。そこには、かつて、好いて、好かれた人たちが住んでいる。少しずつ修繕されながら、ちゃんと生きている。そして、彼女の手を取り、今の時代を生きさせている。だから彼女は、若い必需品を助手席に乗せ、孫の女友達とガールズトークに興じることが出来る。今も乃里子と化粧品についての話をしている。レブロンをリヴロンと発音し、リップスティックの色に関する自分の意見を述べている。良いじゃないか、アメリカかぶれ。それは、祖母に染み込んだ結果だ。自分に彼女が染み込んだように。自分は、言ってみれば、グランマかぶれだ、と志郎は思う。祖母の作り出したこの店の空間、彼女の振りまく匂いを、彼は、決して嫌いになることは出来ない。暦を忘れた、あるいは自分流に暦を作り変えた人。その人の側で、彼も今が二〇〇四年だという事実が、時に頭から消え去ることがある。この白髪頭の女が年老いている人だなんて思えなくなる。そして、こうも感じる。今、何の反発もなく祖母を素直に受け入れ、いとおしいとすら口に出したい気持。それが湧いて来るのは、乃里子が、この風景に収まっているからではないだろうか。好きな人が揺らす空気の中で、自分は、あらゆるものが好きになれる。そんな気がする。

終電で帰るという乃里子を駅まで送った後、志郎は再びＦｕｊｉに戻った。彼女が、そこにいた時の雰囲気を味わい直したかった。ところが、カウンターに腰を落ち着けると、先程とは何かが決定的に違うような気がした。スツールが冷たかった。何を飲むのか、と祖母が尋ねたので、何でも良いと答えた。

「つまらなそうだね。さっきまで、可愛い女の子と楽しんでたのに」

「つまらなそう？」

それは違う、と志郎は思った。つまらないどころか、心の中では、色々なものが絡み合っていて、それをほどかなくてはいけない気がしている。けれど、そうしてしまったら、たぶん次にどうして良いのか解らなくなるかもしれない。

「あの子がいた時は、何もかもが完璧に思えてたのに。おれ、ただ酔っててただけなのかな」

「そりゃ酔ってたか、錯覚してたか、だろ?」

「そうなのかなあ。あの時は、グランマが尊敬する人みたいに見えてた。彼女いなくなったら、ただの食えないばあさんに戻った」

ふん、と言いながら、祖母は、いつものミルクキャラメルを口に入れた。志郎の手にも一粒載せたので、彼も紙を剝いて口に放り込んだ。二人は、しばらくの間、無言でキャラメルを舐めていた。ほら、と祖母が差し出す手を見たら、包み紙で折った鶴があった。

「あんたも折ってみな」

「あのなあ……」

年寄りは嫌だなあ、と志郎は思った。

「おれ、こういうちまちましたこと大嫌い。箸袋で凝った箸置きとか作る奴いるじゃん。グランマもやりそう」

「悪かったね。でも、寂しい時は、手先動かしてるのが一番だろ?」

寂しい? そうか、これは、寂しいという気持だったのか。胸に詰まった絡まった塊を解きほぐしたら見えて来そうだと、不安に感じた正体は、それだったのか。

「情けないなあ、なんか、おれ。寂しがりなんて格好悪い」

「良いことじゃないか」

「そうかなあ。グランマは寂しいなんて思うことあるの？」

「あるよ、日に一度はね」

「日に一度!?」

「一日に一度は寂しいと思うことって、人を愛するこつだろう？」

そう言って、祖母は、志郎の前に、二つ目の折り鶴を置いた。

「志郎と寝るつもりって言ってたよ、あの子」

「嘘!?」

「ほんとだよ。不二ちゃんには言っちゃう、だって。あんたが休みの日は寂しいんだって。折り紙教えてあげようかしらねえ」

それだけは頼む、止めてくれ。そう叫びながら、志郎の寂しさは、急激に膨らむ期待に拍車をかける。


「いや」は「いい」というのと同じことだという説は幻想であると納得していた場合。

志郎が嫌よ嫌よも好きの内、という言い回しを知ったのは、まだ小学生の頃だった。テレビを観ていたら年取った芸人が使っていた。不思議な言葉だなあ、と彼は思った。たとえば彼は魚の刺身が嫌いだが、それを好きと言い替えることは出来ない。母に、どういう意味なのかと尋ねたら、そんなことは子供が知ることではない、と相手にしてもらえなかった。両親が避ける事柄は、祖母の得意分野である。で、今度は、彼女に聞いてみた。すると、ふん、と鼻を鳴らして言った。

「そんなものは幻想である。男の思い込みだね。ノー ミーンズ イエスなんて、なーし!! ノー ミーンズ ノー!!」

その頃の彼には良く意味が解らなかったが、嫌なものは嫌ということだろうと推測した。しかし、祖母はこうも続けたので、ますます混乱した。

「志郎は刺身が駄目だけど、火を通せば好物になるんだろう? だったら、煮たり焼いたりしてやりゃあいい。じゃなかったら、相手にそうしてもらうことだ」

相手あってのこと、つまり、その言い回しが人間関係に使われるのだというのは解った。けれども、どういう情況で使用するのかは謎であった。とりあえず、志郎は、人の嫌がることはしなくなった。可愛い女の子を苛めてみたいと思わないでもなかったが、そのたびに、祖母の声が彼の頭をぴしりと叩くのだった。NO MEANS NO!!

ここのところ祖母は給油に来る時、いつも同じ必需品と一緒だ。それですら驚くべきことなのに、なんと助手席に座っているのは彼女の方なのだ。いよいよ不二ちゃんも年貢の納め時なのか、と従業員たちは動揺した。まったく孫である自分を無視している、と志郎は彼らの騒ぎように唖然とした。

それにしても、いったいどういうつもりで、あの若い男は、毎回、祖母のエスコート役を買って出ているのだろう。人の良さそうな笑顔を浮かべているが、何か企んでいるに違いない。しかし、何を？　のっとる程の財産などこれっぽっちもない、はやらないバーの店主だ。しかも、あそこまで偏屈なばあさんだ。孫の自分が話し相手になるのとは訳が違う。ただ好きだというのか。想像したくないけど、恋をしているのか。ボランティアのつもりでないことは確かだ。ただならない。そこまで考えて、志郎は我に返る。不二ちゃんとして従業員の話題にのぼる祖母。彼女には、家族には見えない何かがあるのかもしれない。孫の贔屓目で見るから、おもしろいばあさんなのだと思っていた。他人には、ただの風変わりな年寄りと映るのだろうと。けれど、今、自分が見逃していたものがあるように、感じている。それが従業員を騒がせ、若い男にハンドルを握らせているのではないか。

洗車の間、車から降りた祖母は、志郎に耳打ちした。

「のんちゃんと上手く行ってるみたいだね」

もう勝手に乃里子をのんちゃんだなんて呼んでいる。志郎の知らない内に、互いの携帯電話の番号を交換し、時々、連絡を取り合っているようなのだ。不二ちゃんは、私の一番年上の友達、と乃里子は嬉しそうに言った。あの人と話してると、エンジンかかって来たーって気になるの、だって。自分を差し置いて、という感じはいなめない。

「もうじきキッス、そしてキッスの次は、いよいよですな。段階を踏む礼儀正しさを持つのは非常によろしい。ビー　ア　ジェントルマン！」

そう言うと、憮然とする志郎を残して、支払いをしている連れの許に戻って行った。なんと素足にミュールを履いている。つっかけではないところが、祖母らしく不気味だ。

しかし、女というのは、何故、自分の恋愛の進行情況を他人に話したがるのだろう、と志郎は、祖母の車に手を振る乃里子を恨めし気に見た。それが、いわゆるガールズトークとやらに不可欠なのか。彼のつき合った女たちは、皆、女友達に、事細かに報告した。親友と呼ばれた女とつい寝てしまった時、聞いていた手順と違うと言われて激怒した。ガールフレンドに問いただしたところ、浮気する方がはるかに悪いとなじられて謝ってしまった自分が不甲斐なかった。

それにしても、キッスか。あの年齢なら接吻と言って欲しかった、と志郎は祖母の口出しにうんざりしながらも、この先を思い描けば頬は緩む。

それからしばらくしてシネマシティで乃里子と映画を観た。その後、夕食前に少し散歩をしようということになり、昭和記念公園の方向に歩いた。初夏の夕暮れの風が甘く埃を立てていた。早い時間の街の灯りは心を浮かれさせる。これから、たっぷりとした夜が自分を満たして行くのだ、と思う。二人でいられる間は、寂しさが自分を襲うことはない。それを確認するかのように、彼らは、どちらからともなく手をつないだ。映画を観ている最中にもそうしていた。志郎が強く握ると、乃里子も同じ力で握り返して来た。それが合図だと思った彼は、スクリーンの明かりを頼りに、彼女の唇を見つけて口づけようとした。すると彼女は、手で遮って「いや」と呟いた。彼は、途端に気恥しくなり、座り直して前を向いた。

遊歩道を歩きながら、今度こそ大丈夫だろうと思った。夜のたたずまいが、キスを急かした。志郎は、乃里子の肩を抱き寄せた。人前だというのに、そんなことをしてしまう男女の気持が解った。自分たちは主役なのだ。観客には見させておけば良い。彼らは、つまらなかったら立ち去るだけなのだ。でも、出来れば、おもしろいものを演じたい。そして、自分たちは、おもしろいと信じている。それが、どんなに陳腐な舞台であっても。

志郎は、乃里子を抱き締め、顎をつかんで上を向かせた。すると、彼女は抵抗して、またもや「いや」と、言うのだった。彼は、すっかり困惑してしまい、それ以上進むことも出来なくなり、かと言って、抱き締めた腕を外すのも惜しくなり、同じ体勢のまま、どうするべきかを考えようと必死になった。自分が、とてつもなく不様に思えて来た。いきなり寝るのは、あんなにも簡単なのに、キスから始めるのは難しい。

「山下さんて、どうして、いつも途中で止めちゃうの?」

乃里子が、志郎の胸に顔を埋ずめたまま言った。シャツの布地に暖い息が染み込んだ。

「いやって言うのは、いいってことなんだよ」

「そうなの?」

「そうだよ。たったひとりにだけ、いやといいは同じ意味になるんだよ」

今度は、言葉が染み込んで胸を濡らした。そう感じた途端、乃里子の腕が首に絡んで、志郎は彼女の口づけを受けた。たまらなくなり、彼は何度もそれに応えた。抱き締める腕に力がこもった。彼女の体は、彼の力で絞られたようによじれた。ふと、前に二人で食べた高野豆腐を思い出した。おいしいおつゆが染み込んでいた。彼女の体には何が染み込んでいるんだろう。柔くて甘いもの。昔、祖母が作ってくれたフレンチトーストを思い出す。嚙み締めるとミルクとバターが滲み出た。今、あの人に言ってやりたい。時々は、ノーミーンズ　イエス。火を通すとおいしくなる。それは確かだ。二人共、体は、とても熱くなっている。

彼らは、もつれ合うようにして、来た道を引き返した。食事をして酒を飲んだ。もうどうするべきかは解っていた。立川駅で別れを惜しんだにもかかわらず、結局、乃里子は、中央線ではなく、青梅線に乗った。中神のアパートに向かいながら、志郎は、キスから始めた手順について考えた。正しい手順を踏むのは良いもんだ。行き着くところは同じでも、ジェントルマンの気分になれる。

誰が言ったのかは知らないが、男は、タフで優しくなくては生きられないし、生きてちゃいかん、という説をいつのまにか座右の銘にしていた場合。それって、古過ぎなんじゃない？ と、ある女の子に言われた。確かにそうかもしれない。だって、古い人間の教えなのだもの、と志郎は思う。けれども、彼は、タフで優しい自分を思い描くのが、決して嫌いではない。問題は、どこでタフになり、どこで優しくなるべきなのかが、良く解らないことだ。特に、恋愛においては。

志郎は優し過ぎる、と乃里子は言った。一緒に寝る間がらになって三ヵ月。いつのまにか二人は、志郎、のんちゃんと呼び合うようになった。名字で呼び合っていた頃の遠慮は、もうない。その分、二人の間の隔たりは溶けて、彼は離れがたい思いを抱いている。仕事中も、いつも彼女を目で追っている。心配でならない。車の誘導中に、客がブレーキとアクセルを踏み間違えて、彼女を轢いてしまったらどうしようとすら思う。いつだって、自分の目の届くところで守ってやりたい。そう出来る場所にいて欲しいと願い始めている。あの油の匂いの染みた色気のないユニフォームの下に隠れた小さくて頼りないものの存在を知っているのは自分だけなのだ。

初めて乃里子と寝た時、その骨があまりに細いので驚いた。何か脆いものが、皮膚の下で、ようやく組み合わさっているような気がした。乱暴に扱うことなど、とても出来なかった。志郎は、積み木の山を静かに崩すような調子で彼女の体を抱いた。すぐに、ばらばらになった。今度は、自分の好きなように積み上げ直した。いつまでも飽きずに、それをくり返した。大事なおもちゃを手に入れたように思った。誰にもやらない、と囁いた。そう思われるのが好きだ、と彼女は言った。滅茶滅茶にしたっていいんだよ。そう許されても、壊れそうなものは丁寧に扱うしか、彼には出来ない。

「タフと優しさの配分を知らない男は、女に捨てられるのである。解ったかね。このあんぽんたん」

「……あんぽんたんって何？」

「イディオットのことだよ、ばかもの」

最近、乃里子と二人きりになる機会がないと、祖母にこぼした時のことだ。もっと孫に憐れみの心を持てないのか、と志郎は腹立しくなったが、何かを言い当てられたような気もした。

　乃里子が自分を避けているのではないかと、志郎は思い始めていた。最初に休日を共に過ごす誘いを断わられた時には何も感じなかった。それが二度、三度と続き、さすがに彼も不審の念を抱いた。四週の内に六日の休みがある。二人のシフトが重なり、同時に休みが取れた日は必ず一緒にいた。彼女だけが休みの日には、彼は仕事の後に時間を作った。彼女が行きたいという場所には、どこでも連れて行った。彼女が疲れているという日には、中神のアパートで労った。それなのに、ようやく会えたら、優し過ぎる、と彼女は言う。そんなんじゃない、と彼は思う。そうするのは自分の欲望からなのだ。彼女が幸せそうにするのをただ見ていたいだけなのだ。その幸せを自分が作っていると確認したかった。

「志郎、昔から言われてることだけど、女の子は、シュガー・アンド・スパイス。私は、いつも女が優先と言って来た。それは、男より体力がないからだよ。それだけの理由。女は、決して弱い代物じゃないんだから」

「そりゃグランマは強いだろうけど、彼女は違う」

「あーもー、私の孫と来たら、なんという……」

「その先、言わなくていいよ。聞き飽きてる」

　しかし、やはり自分が、その先に続く「イディオット」であるのを、思い知ったのは、またもや乃里子に会えずに持て余した休み明けのことだった。

早朝に出勤すると、村松が外にタイヤを陳列していたので手伝った。彼は志郎に、不二ちゃんは元気か、などと尋ねた後、近くにいる所長に聞かれないよう声をひそめた。

「時々、白のアウディ来ると、渡辺が控え室に逃げちゃうの知ってるべ？　あの男、ＳＳの所長上がりのディーラーなんだけど、渡辺の彼氏だったんだって」

「らしいね」

「あ、知ってんの？　あんなにしょっ中給油に来て、よっぽど未練あんだなって思ってたんだけど、ああいうしつこいのって、女は、やっぱ嬉しいのかなあ。元に戻ったらしいよ。昨日、渡辺上がる時、迎えに来てた。したっけ、あいつ嬉しそうに車に乗り込んでてよお。金ありそうな男だもんなあ」

そう言うと、村松は所長のいる待ち合い室に戻って行った。後に残された志郎は、しばらく呆然としていたが、ふと我に返り、並べたばかりのタイヤを蹴り飛ばした。皆に好かれてるもの同士だって？　少なくとも彼女は、もう違う。顔も見たくない。女の子は、シュガーとスパイス。確かに、どちらも効き過ぎる。

その晩、Ｆｕｊｉに行くと、カウンターの隅で、祖母と必需品が談笑していた。志郎は、二人を無視して、スツールに腰を降ろした。何を飲むかと聞かれたので、無言で、目の前のスコッチウィスキーを指差した。

「グレンモランジェだよ。こんな良い酒は、子供には飲ませられない」

「じゃ、いいよ、ビールで」

祖母は、志郎の前にハイネケンを置いた。こんな時まで言いなりになっている自分が情けなかった。

「試食して口に合わなかったら買わない。試着してサイズが合わない場合も買わない」

祖母は、そう言って、必需品を見て笑った。

「何だよ、それ」腹立たしさが、こみ上げて来た。笑い物にされる前触れのようなものを感じた。

「それなのに、ついうっかり買ってしまった場合はレシートを持って返しに行くことも出来る。志郎、あんたは返品されたんだよ」

思わず、かっとなって立ち上がった。乃里子は、祖母に話していたのだ。

「あんな女、もう顔も見たくねえよ!!」

「良かったじゃないか。ようやくそういう人が出来て」

「そういう謎解きみたいな言い方、止めてくんないかな!! あんたみたいな脳天気な生き方して来た人間に、孫だってだけで、あれこれ言われたくないんだよ!! おれまでアメリカかぶれみたいにしやがって。だいたい、アメリカになんか行ったこともないくせに!!

それって惨めじゃねえ?」

その瞬間、志郎は、何が起ったのかが解らなかった。いつのまにか、彼は、スツールごと床に倒れていた。頬に激痛を感じて手をやると、切れた唇から流れる血に触れた。それを拭いながら起き上がろうとすると、必需品が立ちはだかっていた。

「この人が、これまで、何人の顔も見たくない奴を過去に残しているのか知ってるのか?

おまえが馬鹿すぎて可哀相にすら思うよ。孫だってことで甘えて、何も見ていない」

そう言った後、彼は、志郎が立ち上がるのに手を貸した。

「親切になんかしてやりたくないけど、不二ちゃんの孫だから仕方がない。ついでに、殴って悪かった。ごめん。謝りたくなんかないけど、これも不二ちゃんの孫だから仕様がない」

志郎は、のろのろとスツールを立てて、再びそこに腰を降ろした。祖母と必需品は、何ごともなかったかのように、再び話し始めた。

「グランマ」志郎が呼ぶと祖母は彼を見た。

「そんなに顔も見たくない人、沢山いるの?」

「いるよ」

志郎がはなを啜り上げていると、祖母は、ミルクキャラメルの箱を投げてよこした。

「一つ残ってるから舐めな。脳みそが動き出すよ。あんたの扱ってるガスと一緒。甘くとろけるもんは女の子だけじゃないんだから」

最後の一粒を口に入れ、箱を握りつぶそうとして、そこに書かれた古い字体に気が付いた。滋養豊富。風味絶佳。

海の庭

鳳仙花で爪を染めていたよね、と作並くんが言えば、実がはじけて種が飛び散るのを待っていたわね、と母が続ける。白粉花の蜜を吸ったのを覚えている？　と彼女が尋ねれば、甘過ぎて気持が悪くなっただけ、と彼は思い出して笑う。露草を洗面器の水の中でつぶして色水を作った時には、と彼が見詰めれば、コップに入れて乾杯をした、と彼女は見詰め返す。それ、飲んじゃったの？　と私が口をはさんだら、二人は同時に、飲まないままだった、と呟いた。

ほうせんか、おしろいばな、つゆくさ、いろいろもっと。彼らの会話の中には、沢山の木々や草花の名前が登場する。小さな動物や虫たちもたびたび現われる。長い間、眠りについていたものたちが復活したのだ。母と作並くんが、小夜ちゃん、哲ちゃんと呼ぶのを止めてから、身を潜めてしまったものたちが。

母と作並くんは幼馴染みだ。去年の春、私の高校入学が決まるのを待って両親が離婚した時、彼に出会った。母の実家に身を寄せることになった私たちの引っ越しの際の作業責任者が彼だった。偶然ではなかった。見積書の依頼人名と転居先を見て驚いた、と彼は言った。操配係に頼んで自分を優先してもらったのだそうだ。

引っ越し当日、私たちは、箱詰めを終わらせることも出来ずにあせっていた。持って行くものと置いて行くものの選別が、なかなか出来なかったのだ。父が指図をしてくれれば、こんなにも手間取ることはなかったのに、と私は苛立った。彼は、私たちが出て行く瞬間に立ち会いたくないという理由で、二日前から都心のホテルに泊まっていた。母は、力仕事や実務にまるで向いていなかった。アルバムを手に取れば写真をながめ、対の紅茶茶碗に触れては溜息をついたりしていた。

「日向《ひな》ちゃん、このワインのデキャンタ、どうしたら良いと思う？　これ持ってっちゃったらパパ、ワイン飲む時、困るよね」

うんざりした。ワインなんて、グラスに注いでそのまま飲めばすむことではないか。

「リーデルでしょ？　持って行けば良いじゃん。パパは、また買えるけど、私たちには経済的な余裕なんてないんだよ。こんな高価なものなんて、もう買えないかもしれないんだよ」

私の言葉に頷きながらも、母は、いつまでも困ったように、クリスタルの表面を撫でていた。年老いた祖父母の厄介になるという自覚が欠けているのだ。会社員の父が払える慰謝料や生活費なんてたかが知れている。ワインを注ぎ入れるフラスコごときに思いを馳せている場合ではないのだ。だいたい、共同生活の最後の瞬間を見届けずに逃げ出した父に文句を言われる筋合いはない。どうせ夜になれば、あらかじめデキャンタージュされたワインを女の人と飲むに決まっている。独身になったお祝いに。

父と母の結婚生活が破綻を来していることは、中学に入る頃から気付いていた。仕事を生活の優先順位の一番に置く父と、極端な寂しがりやの母は、子供の目から見ても、しっくり噛み合った夫婦には思えなかった。結婚記念日に部下たちとの親睦会の予定を入れる父も父だが、それを告げられてなお、三時間かけてビーフシチューを煮込む母も、どうかと思う。週末ごとに家族の団欒を求める母にはうんざりしたが、父だって、たまには接待ゴルフを取り止めるべきではなかったか、と腹が立った。私は、常に真ん中にいて、二人の間を取り持たなくてはならなかった。彼らが、子はかすがいという意味を最も強く感じたのは、そういう瞬間だったに違いない。しかし、両親をつなぎ止める役目をになった子供は、大人になることをせかされる。気を抜けずに、いつも何かをこらえている。高校入試に合格した時に伝えられた離婚という言葉は、私を悲しくというよりは、むしろほっとさせた。これからは、どちらかのことだけを考えていれば良いのだ、と。

私が、母と同い年の男の人を作並くんと呼ぶようになってしまったのは、彼女がそう呼んだからだ。終わらない荷作りの最中に舌打ちをしながら、引っ越し業者のためにドアを開けた時、目の前の人は、私の背後を見て片手を上げた。そして、笑って、久し振り、と言った。私は、どういうことかと振り返って母を見た。彼女は、驚いて立ち尽くしたままだった。「誰?」私は尋ねた。

「作並くん」

その声の調子が私の気に入った。私は、母が、男の人を「くんづけ」で呼んだのを聞いたことがなかった。父に甘えて寄り掛かるばかりだった彼女が、なんだか凛凛しく思えた。私にかかっていた負担が少しばかり減ったように感じた。作並くんという呼び方にありがたみを覚えた。その瞬間から、彼は、私にとって、作並くん以外の何者でもなくなったのだ。

「この子、吉田の子?　でけえなあ」

作並くんは、感心したように私を見た。そうか、と私は思った。母は、吉田小夜子に戻ったのだ。そして、私は、祖父母の名字を手に入れた。

「昔の私に似てる?」

「似てない」

二人のやり取りにむっとして、私は言った。

「父親似なんです」

作並くんは困惑したように母を見た。彼女は力なく笑いながら、作業員たちを家の中に促した。

ひどい状態のままの自分の部屋の荷物をまとめながら、私は腹を立てていた。知り合いだかなんだか知らないけど無神経な人だと思った。見積りの営業マンからの報告で、別居する家族だというのは解っていた筈だ。その境遇を引き受けた子供である私に気づかいがあっても良いのではないか。でかくて悪かったな。確かに、私の背は、とうに母を抜き、体はひとまわり大きい。休日には海に行くから肌も灼けている。ゴルフ焼けした父にそっくりだと良く言われる。そんな私たちの間にいた母は、細くて青白くて、まるで病人のように人の目に映った。本当は、私たちに頼り甘えることによって、誰よりも強さを手に入れて来たくせに。

私は、上手く出来ない梱包を持て余して、溜息をついた。両親の離婚の一番の弊害は、このはかどらない作業のような気がして来た。

「ああっ、駄目駄目、そんなやり方したら後の荷解きが大変だから。そういうのは、こっちでやるから、カートンに詰めるだけにしてくれる?」

いつのまにか背後にいた作並くんに邪魔にされながら、私は部屋の隅で、必要なものをより分けた。

「こんなんだったら、おまかせパックにすりゃ良かったのに。吉田、昔からこの種の作業苦手だったのに、自分では、ちっとも気付いてない。変わってねえな」

そう言って作並くんは、私の手許を見た。

「さっきはごめん」

「何がですか?」

「似てないなんて言って。やっぱ似てる。指先とか吉田にそっくり」

「母のそんなとこに注目してたんですか。だいたい、いつの知り合いなんですか?」

「がきの頃」

「なるほど。で、作並くんな訳ね」

「いや」

言葉を区切ったので目で問いかけた。

「その頃は、哲ちゃんて呼ばれてた。おれ、名前、哲生だから」

若い作業員が来て、作並くんに指示を仰いだ。二人は、ヨウジョウだのガッチャだの私の知らない言葉を使って、しばらく話し合っていた。どうやら準備の不手際のせいで、定刻通りには行かないらしい。母が、思い出の品とやらを前に逡巡していたせいだ。このまじゃハマっちゃいますよお、いくらチーフの知り合いんとこだからって、と若い人は不平を言いながら忙しそうに居間に走って行った。

「すいません、のろくって。やっぱり、おまかせパックにすれば良かったのに、ママったら」

「いいから。人に触られたくないものがいっぱいあったんだろ。えっと、娘さん、なんて言ったっけ」

「日向子です。吉田日向子になりました」

「じゃ、日向子ちゃん、ここいいから、お母さん手伝って来て」

頷いて立ち上がった。部屋を出る際に振り返ると、作並くんは、あたりを見渡していた。そして、いいマンションだなあ、とぽつりと言った。その声には、同情が混じっていて、私は、もう彼を無神経な人とは感じなかった。

それからの作業は驚くべき速さで進み、危惧していた程の遅れもなく、引っ越しは無事に終了した。途中、こっそりと涙ぐむ母に作業員たちは気付かないふりをしていた。彼らの集中力を高めたのは、母の涙のせいでもあったかもしれない。荷物が、トラックにほぼ積み込まれた時、私は残された父の所有物をぼんやりとながめた。イケアの家具や花のないコンランショップの花瓶などが、驚く程、静かな物体として、私の視界に入って来た。サイドテーブルの上のスタンドの横に、紙粘土で作った父の顔の置物がある。小さな頃に私が父に贈った物だ。それは、あまりにも出来の悪い代物で、捨てるべきかどうか、と最後まで迷った末、そのまま置いて行くことに決めた。そうすべきだろう。父は、これからも私の父なのだ。でも、それにしても不細工。だけど、このつたなさが、私たち家族をつなぎ止めて来た。

「感傷に浸ってる場合じゃないぞ」

通り掛かった作並くんが、私に小さな包みを差し出した。私は、慌てて、それを引ったくった。見なくても中に何があるか解っている。近い将来使うであろうコンドームのパッケージだ。

「その辺にあった袋に入れといた。内緒にしとくから。こんなの知ったら、吉田、目、回しちゃうだろ?」

私は、すまん、というように片手を上げた。たぶん、その通りだ。親に子供のセックスを類推させるのは忍びない。あの時から一年以上もたつのに、作並くんは、それについて話さない。実は、とうに使ってしまったよ、と親しくなった今なら打ち明けてみたりしたいものだけど。

トラックが母の実家に到着した時の作並くんの様子を良く覚えている。彼は、門をくぐるなり、広々とした庭をうろうろと歩き回っていた。そして真ん中で立ち止まり、しばらく動かなかった。チーフ何やってんだよ、ケツカッチンなのに、と荷物を運び込む作業員たちが呆れていた。呼んで来てもらえませんか、と言われて、私は、彼の許に走った。

「あの、なんか他の人たち怒ってるみたいですよ」

作並くんは、私の呼びかけに応えなかった。私の声など聞こえていないようだった。目の前の花開いた梅に見とれているふうでもなかった。視界に入るすべてのものを見ているようでもあり、また、目を見開きながらも何も見えていないようでもあった。

「作並さん!!」

ようやく我に返ったように、作並くんは振り向いた。

「あ、ごめん、何?」

「まだ引っ越し終わってないんですけど」

「悪い! ここんちの庭、あんまり変わってないんで、不思議な感じして。三十年が消えちゃったみたいな気、して」

そう言い残して、作並くんは慌てて作業に戻った。私も、少したってその後に続くと、彼は、祖父母に歓待されて頭を掻いていた。哲ちゃんと呼ばれていた。その横では、母が、もう子供じゃないんだから、とたしなめていた。そのはにかんだ笑顔。三十年が消えた、か。私は思った。きっと、この時、母の三十年間も消えたのだろう。

母の実家は古い日本家屋だ。広い庭は、木々や草花で埋まっている。まるで手入れされていないかのように無造作な様子だが、実は、祖父の美意識と努力の賜物だ。はびこる雑草も、彼に厳密に選ばれたものなのだ。その間に置かれた飛び石を辿った片隅に、小さな離れがある。そこでは、祖母が書道を教えている。生徒の数は少ない。作並くんは、その内のひとりだったという。あまりに字が下手だったために、両親に無理矢理、通わされていたのだそうだ。けれども、その成果はあまり出なかったと祖母は笑う。庭で遊んでいる時間の方が、ずっと長かったものねえ、とのことだ。大きな段ボール箱やクロゼットを軽々と持ち上げる作並くんとお習字の取り合わせは、ずい分と奇妙に思える。でも、字の綺麗な人は良い。メールに慣れた私にはエキゾチックに感じられる。祖母の指導の成果が本当に出なかったのかどうか、今度探りを入れてみよう。

作並くんは、中学に入る頃から、書道教室には来なくなったそうだ。それでも、ここの庭には時たま、思い出したようにふらりとやって来て時間をつぶしていた。

「でも、あんなに仲が良かったのに、小夜ちゃんとも話しなくなっちゃってねえ。たまに二人が喋っているのを聞いたら、よそよそしいったらないの。名字で呼び合っちゃって」

「二人とも、お年頃だったんだろう」

お年頃‼　祖父母の会話を聞きながら、私は、俄然おもしろくなって来た。ここには、古びた空間と共に、死んだ筈の愉快な言葉が息を吹き返している。三十年ぶりに再会したこの空気の中に、作並くんは、いったい何を見ていたのだろう。

作並くんの実家は、近くの工務店だ。お兄さんが後を継いでいる。そこを訪ねたついでだと言って、あの引っ越し以来、彼は、たびたび、この家にやって来る。もちろん、口実に決まっている。何と言っても、三十年間、音沙汰がなかったのだから。またお習字を習いたいんじゃないかしらと祖母が言い、いや、この庭の良さを思い出したのだろう、と祖父はひとり頷く。母は、そんな時、何も言わない。彼女だけは、作並くんの話題には加わらない。ただ唇の両はしをわずかに上げている。その動きは、微笑というには、あまりにも心もとない表情を刻んでいる。

それなのに、作並くんが来た時の母の小走りの音は、嬉しさを隠せない。玄関に続く中廊下をぱたぱたと叩く。小犬みたいだ、と思う。見えない尻っぽが振られたかのように、母の背後で空気は揺れる。祖父母の可愛がっているとら猫が戦闘的に、ぎゃっと鳴く。その猫の名は蟬太郎という。弱って庭に落ちて来た蟬をいたぶって遊ぶのが好きだからだ。

「セミちゃんは感じるんだね」

私は、暴れる猫を抱えて力をこめる。私は意地悪な気持になっている。あんなに小犬の気配をまき散らした母が、作並くんの顔を見た途端、またもや静まり返るからだ。作並くんは作並くんで、母の出迎えを受けると憮然とした表情を浮かべる。今さら照れて見せたって遅い。ひとり身になったばかりの女の家に図々しく通って来るくせに。

二人は、縁側に腰を降ろし、言葉少なにお茶を飲む。時折、そこに祖父母が混ざり、にぎやかになる。けれども、二人きりで残されると、草木や花や虫の名前が紡がれるばかりだ。思い出のはしっこを捕えながら、しり取りのように、それらは続く。ほうせんか、おしろいばな、つゆくさ、いろいろもっと。

二人は、初恋をやり直しているのではないか、と推測する。だから、私は苛々しているのだ。初めての恋は格好の悪いものだ。それは、二度目の恋をしてから解る。母と作並くんが、いくつの恋をくぐり抜けて来たのかは知らない。けれど、あの年齢だもの、それなりの経験は積んで来た筈だ。それなのに、少年少女みたいな風情でいる。思い出話に花を咲かせながら、お茶を飲むようなふりをして、無垢な子供たちだった頃を取り戻そうとしている。図々しい。おおいに気に食わない。もっと、年相応の男女として振る舞ってはくれないものか。ひとり身の寂しい女とそこにつけ込む男という構図の方が、まだ腑に落ちる。何が露草だ。格好悪い。そう思いながらも、二人に漂うものの正体を、知りたい気持を、私は抑えることが出来ない。

「作並くんとママって、なーんか、変」

そう言うと、作並くんは、不思議そうに私を見た。バスキン・ロビンスでアイスクリームを食べていた時のことだ。携帯電話の番号を聞き出してから、私は、彼を頻繁に呼び出していた。母には内緒のつもりだったのに、彼女は、その都度報告を受けているようだった。口の軽い人となじると、吉田には心配かけたくない、と彼は言う。あの人は、いつも心細い思いをしている人だから、と続けて、私を感心させる。彼は、母のことを良く解っている。そう、母は、心細さを抱えたまま大人になった人。父には、それが負担になった。子供の私にすら、守ってやらなくてはと思わせる。

「今日、怒られちゃったよ。うんと年上の男の人を作並くんなんて呼んじゃ駄目だって」

「そりゃまずいでしょ。日向ちゃんじゃなかったら、けつ叩いてるって、くそ生意気ながきだって」

「だーって、ママがそう呼んでるから仕方ないんだもーん。移っちゃったんだもん」

作並くんは手を上げて、私をぶつ真似をした。でも、少しも怒っていないのが解る。

「どうして哲ちゃん小夜ちゃんて呼ぶの止めちゃったの？」

「さあ」作並くんは首を傾げた。

「子供じゃなくなったからだろう？」

中学に入ったあたりから、そういう呼び方に居心地の悪さを感じ始めたのだそうだ。そう言えば、私も男子生徒は名字で呼ぶ。しかも呼び捨てだ。彼らも私を同じように呼ぶ。今の作並くんが母を吉田と呼ぶように。でも、本当は、小夜ちゃんと呼び直してみたいのではと思ってしまう。

「ママは、作並くんの初恋の人だったの？　今まで結婚しなかったのって、そのせい？」

「おもしろいこと考えるなあ」

そう言ったまま、作並くんは往きかう人々をながめていた。夕方のショッピングモールのテラス席は、買い物客でにぎわっている。私は、スチールの椅子に横座りになってテーブルに肘を付く彼を見詰めた。

母と同級生だから、もう四十半ば近くの筈だ、と私は思った。父よりも少し年下なだけ。けれども、まるで違う種類の生き物に見える。大人なのに大人のように振る舞うことのない変な人。仕事をしている時は、あんなにも力持ちで身のこなしに無駄がないのに、それ以外では、まるで力が抜けている。Tシャツの衿ぐりがほころびている。スニーカーの紐が緩んでいる。顎には不精髭が生えている。すべてにおいて無頓着な感じがする。今も人の目など一向に気にすることもなく女の子にしか似合わないようなトッピングたっぷりのアイスクリームを舐めている。

「安心しなよ。日向ちゃんのお母さんに下心なんてないから」

「あった方が、よっぽど自然じゃん。変だよ、二人共」

「変な二人になりたいのかもね」

「だから、もう充分変だってあんたたち」

「あんたとか言うな」

普通ならここで、子供のくせに、と続きそうなところだが、決して作並くんはそんなことを言わない。まるで、私が母よりも年上のような気にさせられる。彼の中では、実際の年齢など意味を持たないのかもしれない。そんな人、それまで私のまわりにはいなかった。彼は、私に子供相手にするような言葉を使わない。だから私も大人相手の時のようにお行儀を良くしない。図に乗っている訳じゃない。出会う前から、こういう間柄になることが決められていたような気がする。私は、自分を取り巻くすべての人間関係に対して、そう思う癖がある。回り回って再会した母と彼に対しても同じだ。あの庭に引き寄せられてそこで時を過ごす仲になるのは決まっていたのだ。父と母の出会いと別れも、あがいたって無駄なことだった。何か大きなものによって人間関係は動かされている。私たちにはかなわない力強いものに。そう思うと、何故だか気は楽になる。色々なことを諦めるのに成功して、波立つ心は、ようやく鎮まる。

「そんなことないよ。だって、あの引っ越しの日、ほんとはおれ、ボードに休みって入れておいたんだから。でも、伝票見て、驚いて、わざわざ替えてくれるように頼んだんだよ。あの時、自分から行動起さなかったら、今、日向ちゃんともこうしてないよ。日向ちゃんだって、自分からおれの携帯のナンバー聞き出したろ？　偶然道端で会ってアイス食ってる訳じゃない。人とのつき合いって、全部自分の努力からなんじゃないかなあ」

作並くんは、私の意見に、そう反論した。

「努力なんて言葉、大嫌い。報われなかった時に悲しくなっちゃうよ」

「そう言うなって。日向ちゃん悲しくなったら、おれが慰めてやる」

「ふうん、じゃあ作並くんが悲しくなったら誰が慰めてくれんの？」

「今んとこいねえなあ」

「言っとくけど、ママには無理だよ。あの人、慰められる専門だからね」

「知ってる」

そう呟いて、作並くんは目を細めた。眼鏡を外した近視の人が何かを見ようとする時みたいに。彼は、たまにそうする。コンタクトレンズを入れていると言っていたのに。その表情を浮かべるたびに、何故だか解らない、私は伝えたくなる。慰めてやってもいいよ、と。

そんな他愛のない会話を交わす時間を過ごすたびに、私と作並くんの距離は縮まって行った。それなのに彼と母は、いつまでたっても、ぎこちないままだ。慣れていないというのではない。二人の間に、押してもへこまない空気がはさまっているような感じなのだ。再会してから、もう一年以上がたっているのに。

ある夏の夕暮れ、二人は、冷たい麦茶を飲みながら、蟬太郎が、いつものように蟬をおもちゃにする様子を見ていた。そして、海で遊んで帰って来た私は、彼らを見ていた。

「セミ、駄目よ、可哀相でしょ」

母が、蟬に同情しているとはとても思えない穏やかな声で言った。すると、作並くんが庭に降りて、蟬太郎を抱き上げた。

「この猫、吉田に似てんのな」

「ひどい。セミは蜥蜴《とかげ》も、そうやって苛めるのよ。私、そんなのに似てない」

「でも、吉田が蜥蜴の尾っぽを切ってるの、おれ、見たことあるよ。また生えて来るっていうから平気だって」

「あの尻っぽ、いつまでも動いてた」

「蛞蝓《なめくじ》に塩をかけてたのも知ってんだぞ」

「作並くん、おもしろがって、いっぱい捕って来て、私の前に置いてくれた」

「雪みたいに、塩を降らせてた。笑いながらだったんで、おれ、ちょっと恐くなった」

「塩辛みたいになっちゃった」

「あれから、ずっと、塩辛食えなくなったんだから、責任取れよな」

母は、喉の奥で、くっくっと笑いながら、団扇で胸元をあおいだ。かすかな風で、母のおくれ毛が揺れる。作並くんは、言葉もなしに、ただ彼女を見詰めている。蝉太郎が暴れているのも無視したままだ。

とかげ、なめくじ？　変な人たちだ、とつくづく感じる。もがき続けた蝉太郎は、ようやく作並くんの腕から脱出して、地面に、すとりと落ちる。その瞬間に、蝉も自由になり、大きな羽音を響かせて飛んで行った。母は、それを見上げて、また笑い、そして言う。

「どう責任取って良いのか解らないわ」

作並くんは、母の方に一歩踏み出す。けれども、それ以上進まずに、いつまでも立ち尽くしたままだ。二人の間に、またもあの空気が流れ込む。押してもへこまない強情な空気。私は、そこに自分の声を注ぐ。それは、とても細くて頼りない。

「作並くんて、ちっとも変わらないわ」

まるでその言葉が合図のように、作並くんの足は動き始める。空気のほころびを縫うように彼は縁側に戻り、腰を降ろして、言う。

「吉田だって、ちっとも変わらない」

私は呆気に取られた。そんな訳ないじゃないか。二人が、この庭で遊ばなくなって三十年もたっているというのに。彼らは、この庭の魔法で、目を見えなくされたのか。

幼ない頃、この家を訪れるたびに、お化け屋敷のようだ、と私は怯えた。夏は緑の濃淡が影を落として、あたりを湿らせていた。冬は、すべてのものが土の中に息を潜めているようだった。人以外の何か沢山の生き物が棲みついているように思われた。春と秋が、それらをなだめていた。季節の移り変わりが、この庭を操っていた。そこで、花は咲かされ草木は育てられ、やがて眠りにつかされる。虫たちは生まれ殺され、また生まれる。今の私が人との出会いと、それに端を発する関係に対して感じている漠然とした大きな力。似たようなものが、ここにはあった。けれども、いつのまにか、それは消えた。半分大人になりかかった私の目には、単に情緒あふれる風景が広がるばかりだ。この庭に君臨していた筈の何かは、もう存在していない。

それなのに母と作並くんを見ていたら、幼ない頃の感覚が蘇って来たような気になる。二人で露草の色水を作ったと言っていた。彼らの指先が青紫に染まるさまを想像する。そこから始まる物語が、この庭に、すっぽりと収まる。父も私も存在しない濃縮された時間。彼らは還元して味わっている。まるで庭なしで過ごして来た長い年月がなかったかのように。そう思うことは、私を少しばかり傷付ける。離婚による痛手を抱えた母を、いつまでも見ていたい訳ではないけれど、それにしても現金過ぎる。家族三人で暮らしていた最後の頃、彼女は、いつも涙をこらえているような顔をしていた。瞳は水を張られたみたいで、それをこぼさないためなのか見開かれていた。なのに、作並くんに再会した途端、涙は消えた。まるで蒸発してしまったみたい。

「あら、日向ちゃん、いつのまに帰っていたの?」

水羊羹を運んで来た祖母が私に声をかけた。母と作並くんが同時に振り返った。二人共、日常に引き戻されたというような表情を浮かべている。対だった二人は、ばらばらになり、独立して私と関係を持ち始める。私は、側に腰を降ろした。

「真っ黒だなあ、日向ちゃん。海に行ってたんだって?」

そう言う作並くんも、かなり日に灼けている。

「友達のお兄ちゃんがサーフィンやってるから、その子と時々連れてってもらうんだよ。そうだ、作並くんも今度一緒に行こう。近いよ、車で二時間ちょっとだよ」

「土日だろ? 無理無理。普通の人が休んでる時が一番忙しいんだから」

「夏休みになったら、私が合わせるよ」

「駄目よ、日向ちゃん、少しは勉強しなきゃ。付属だからって、あんまり成績悪いと大学上がれなくなるのよ」

母が私をたしなめた。いつのまにか母親づらしている。さっきまで、初恋をやり直していたくせに。

「哲ちゃん、お夕飯、食べていらっしゃいな」

作並くんは、祖母の誘いを丁重に断わって立ち上がった。彼は、決して、この家で食事をしない。二年以上も通って来ているのに団欒に混じることはない。冬の寒い時期にも縁側に面した廊下にいる。運ばれた小さな電気ストーブの側で、母と座布団の上に座っている。ガラス窓がくもると手で水滴を拭う。濡れた手は作業ズボンにこすり付ける。ハンカチを忘れた男子の正しい仕草だ。母は、ただそれを見ている。お盆の上の布巾を差し出すこともない。

引っ越しは、おれらにとっては毎日の仕事だけど、お客さんにとっては人生のでかいイベントだから、きっちり掬い取ってやんなきゃな、と作並くんは言う。私と二人きりの時、彼は良く仕事の話をする。そして、私は、それを聞くのが好きだ。現実感がある。母と彼との間には存在しない輪郭の際立ったものを手にしている気がする。

引っ越しが終わった後に客と記念写真を撮ったこともある。子供から感謝の手紙をもらったこともある。いつまでも続く友達との別れの場面を見守る破目になってもらい泣きしたこともある。旦那の留守に当日箱詰めして逃げた奥さんもいた。引っ越し先には、ホスト風の兄ちゃんが待ってた。色んな人、いるよなあ。でも、すぐに忘れるようにしている。客の事情を全部頭の中に残していたら、おかしくなっちゃう。

そんな話を聞きながら、私の家の事情は残しておいたのだ、と思う。引っ越しというきっかけで、作並くんは、再びあの庭に入り込んだ。そこには母がいて、彼の子供時代があった。人生の大きなイベントというのなら、彼にとってもそうだったのではないか。仕事上がりのビールの代わりに、昔作った露草の、甘い色水を、今、飲んでいる。掬い取られたのは母なのか、それとも彼だったのか。私は、ただ傍観するばかり。その色水のお裾分けは、たぶん、永遠にない。

夏休みに入って、作並くんは、私を海に連れて行ってくれた。友達のお兄さんの都合がつかず、車を運転してくれる人が必要だった。友達はサーフィンに夢中だったが、私は、それ自体よりも海辺の雰囲気が好きだった。昨夜遅かったからと後部座席で眠りこける友達と違って、私は、助手席ではしゃいでいた。家の門の前で見送っていた母の不安気な様子が思い出された。置いてけ堀を食わされたような顔をしていた。いい気味だと感じる自分に困惑しながらも嬉しかった。あの庭から彼を引き離したいという気持が、いつのまにか芽生えていた。

「作並くん、ママが近くのドラッグストアで働き始めたの知ってる?」

「うん、聞いた」

「続くと思う? あの人、パパと結婚してから一度も外に出て働いたことないんだよ」

「大丈夫だろ? 元々薬剤師の資格持ってるんだから」

そういう問題ではない、と思った。母は、いつも途方に暮れている人。目に見えるところに助け人がいないと駄目なのだ。悪意に立ち向かう術など知らない。そういう母親の許で、私は、必要以上に物事を実践的に処理することを学んだ。現実を見ることを自分に課して来た。両親の離婚を衝撃として受け止めないようにしたのもそのためだ。離れても父親であることには変わりない。大学に行くお金も出してくれる。そして、その内、誰の世話にもならない大人になる、それで充分。私は母よりも強い。そう思うことで、色々なことに耐えて来た。

「今でもママが好き?」

「またその話か」

作並くんは、呆れたように横目で私を見た。初恋という言葉を持ち出して以来、私が二人の関係に言及しようとすると、彼は話題を変えようとする。そのたびに、私は唇を嚙む。私には知る権利がある。だって、あの庭を出れば、私は母より、はるかに彼に近い。現実を生きている者同士だもの。

「ねえ、四十過ぎても恋ってするの？」

「なんだよ、突然に」

「聞いてんだから答えなよ」

作並くんは、少し間を置いて答えた。

「するよ」

真面目に答えたので拍子抜けした。

「信じらんない」

「おれも、日向ちゃんの年齢には信じられなかった。四十過ぎたら落ち着いて、まともな大人になってるんだと思ってた。でも、相変わらず馬鹿のままだ。こうなったらじじいになるまで待つしかないな。でも、きっと、じいさんになっても同じこと思うような気がするよ。まともなじいさんになってる筈だったのにって」

「じゃあ、年取るだけ損じゃん」

「そんなことないって。年の分だけ別なパワーが出て来るって」

そう言って作並くんは、腕を伸ばして、私の髪をかき回した。乱れた髪を直そうと手鏡を取り出して見た。寝癖が付いたようになっている。子供だ。

海に着くと、友達は知り合いの家に預けてあったサーフボードを抱えて早速出掛けてしまった。帰りは、都内に出る用事のあるそこの家の人に送ってもらうと言う。

「日向ちゃんはいいの？　やんなくて」

「今日はお休み。作並くんひとり残すと可哀相だからね」

私たちは波の立たない場所を捜して泳いだり、波打ち際で遊んだりした。疲れると砂の上に横たわり休んだ。

「ほんとは、このあたり遊泳禁止なんだよ」

「どうりで。人はいっぱいいるのに海の家とか何もないもんなあ」

「作並くん、海好き？」

「好きだけど、ずっと来てなかったなあ。海の記憶っていうと、砂浜に転がってた黄色いサンオイルの容器……だから、たぶん日向ちゃんぐらいの年だ」

「黄色いサンオイル？　何それ、どこの？」

「資生堂だと思うけど。コパトーンとか出る前の話だよ」

「コパトーンのない時代なんてあったの？　有り得ない。作並くん、ずい分昔から生きてんだね」

作並くんは驚いたように私を見詰めた。意外なことを言われた、と言いたげだった。

「……私、何か変なこと言った？」

「いや。そうか、そんなに年離れてたか。そうだよなあ」

時折吹く強い風に飛ばされた砂粒が陽ざしの中できらめいた。作並くんは遠くで波乗りをする人たちを無言でながめている。海に目を向ける人には二つの種類があるのを、私は知っている。そこに現在を見る人と過去を見る人だ。彼は、昔の海水浴場でも思い出しているのだろうか。だとしたら、そこから連れ戻したい。私が見ている海を見て欲しい。せっかくここに一緒にいるのだから。私たち、今、同じ暑さの中にいる。

幼ない頃、両親は、毎年私を海辺に連れて行ってくれた。父の会社の保養施設に宿泊したのだ。私たちは、岩場にみっしりと付いたむらさき貝に鳥肌を立てたり、うみうしをつかんで気味悪がったりした。海には、ずい分と不思議な生き物がいるものだ、と感心した。あの海にいた私に過去も未来もなかった。その時に見ているもの、触れているもの、感じているものだけが、すべてだった。瞬間瞬間に、それらは私をとりこにしていた。そこには、父と母も含まれていた。やがて、私は、家族そろった海辺の夏を失ったが、そこに思いを残すことはなかった。過ぎ去った夏は、幼ない頃の私だけのものだ。今の私のものじやない。

今の私の海は、ここにある。先週見た海はもう私のものではないし、来週見るかもしれない海も私のものじゃない。今、ここ。むらさき貝もうみうしも、あの時見た他の生物もいない。父と母もいない。その代わりに、浜辺に打ち上げられた海草やボードを抱えて戻って来る男の人や作並くんがいる。この光景が大好きだと思う。けれど、将来、懐しむことはあっても、この日に戻りたいとは思わないような気がする。思い馳せる過去は、既に何かを失っているからだ。仲の良い海辺の家族が、もういないように。

「作並くんは、昔のママが好きなんでしょ? 今のママには興味ないんでしょ?」

「そんなことないよ。おれ、今の吉田が好きだよ」

「嘘! 二人共、お互いのちっちゃい頃しか見てない」

「そう見えるの?」

「見える!!」

作並くんは溜息をついた。

「日向ちゃん、解ってないな。おれが見てるのは小さかった頃の吉田じゃないよ。年取った今の彼女だよ。昔よりずっといい。彼女なりに疲れることとして来たんだろう。もうぽったに子供みたいな可愛い脂肪を付けてないし皺もある。それなのに、おれの戻りたい場所をちゃんと隠してる。おれは、もう一度そこに辿り着きたいの」

「辿り着いたらどうするの？」

「さあ」作並くんは、おどけたように肩をすくめた。

「もう一度、哲ちゃんて呼んでもらうかな」

「それって、やっぱ、初恋やり直すってことじゃん」

頬をつねられた。その力が強過ぎて、私は声を上げた。あんまりしつこいので怒らせてしまったかとうかがうと、作並くんは私の頬を撫でて笑った。

「大人が初恋やり直すって、いやらしくて最高だろ？」

その言葉に、私の方が照れた。今まで首を傾げて傍観していた二人の様子が、鮮明に色を変えて脳裏に浮かび上がって来た。そうだったのか、と腑に落ちた。二人は、子供の純粋さを取り戻そうとしていたのではなく、大人の淫靡さを作り上げようとしていたのか。思い出って、そんなことに有効に使えるものなの？　いやらしい、と思った。そして、唐突に、つき合ったことのある男の子たちを思い出した。裸になって、あの子たちとしたこと、あの子たちの体のパーツ、その動き。作並くんと母に比べたら、いやらしさなんて欠片もない。そして、それは、なんと退屈に終わりを迎えたことだろう。

「ママとキスしたことある？」

答えようとしないので何度もせがんだ。

「答えないと死ぬ」

「よせよ」

「海に飛び込んで溺れて死ぬ」

「日向ちゃん、泳ぎ上手だから無理だろ」

「じゃ、あのサーファーに頼んで、作並くんのこと海に連れてって捨てて来てもらう」

私は立ち上がり、作並くんの腕をつかんで引っ張って行こうとした。けれども、強い力で反対に引っ張られて彼に覆い被さるような形で転んだ。

「一度だけあるよ」

「どこで?」

「あの庭の離れで。それからもう、あの庭には行ってない。そして、哲ちゃん小夜ちゃんとも呼び合わなくなった。習字なんて嫌だったけど、あの庭は好きだった。でも、中学に入る頃から、おれ、あの庭そのものじゃなくて、離れに行くことが目標になってた。今思うと可愛いもんだけど、あの頃は、そんな自分が後ろめたくてたまんなかったよ」

私は、木々に囲まれて夏でもひんやりとした空気の沈む書道教室を思い浮かべた。二人は、あそこに辿り着きたいのだ。そして、そこから、もう一度始める。初恋に限りなく似た、けれども、まったく異なるつながりを。

「私、どういう顔して、作並くんとママを見たらいいのか解んなくなっちゃったよ」

「今まで通りでいいじゃないか。こんなことどうってことないよ。だって、三十年間どうってことなかったんだから」

作並くんは私の体に付いた砂を払った。

「心配するなよ。おれ、吉田とどうにかなろうなんて思ってないから。もう離れに人がいなくなるのを見計らってた頃のがきじゃない」

がきだよ。私は心の中で呟いた。そうしたら哲ちゃんて呼びたくなった。作並くんが、私を日向ちゃんて呼ぶなら、私も、哲ちゃんて呼んでも良い筈だ。

日が傾く前に、私たちは車を停めてある空地に戻った。途中、通り過ぎようとしたボルボのワゴンの脇で、何人かの男たちが運んで来たポリタンクの真水で体を洗っていた。その中のひとりが、私を呼んだ。時々、教えてもらっているサーファーだ。私は、彼の許に小走りで近付いて挨拶した。

「日向子、来てるんなら声かけてくれたって良かったじゃん」

「気が付かなかったんだよ」

彼は、少し離れた所にいる作並くんを見て声を潜めようともせず、言った。

「誰だよ、あのおやじ。さっき、二人でべたべたしてたけど、最低。マジで日向子に似合わねえよ、だせー」

「見てたんなら、そっちこそ声かけりゃいいじゃん」

「おれ、おやじ、真面目に、きれーだもん」

「あんたの方が、余程、おやじだよ、ターコ」

「あ？」

呆気に取られる彼を残して、私は、作並くんに駆け寄った。今の会話を聞いて気を悪くしていなければ良いのだが、と思って見詰めると、彼は、無言のまま私を車に促した。

「作並くん、ごめん」

「なんで日向ちゃんが謝るの。おれが、おやじなのは事実でしょ」

作並くんは、そう言って、車の中からTシャツを取り出した。その背中が急な日灼けで真っ赤になっている。彼の肌は、作業着から出ている部分しか黒くない。さっきの男が言った通りだ。ほんと、「だせー」。そう思ったら、涙が溢れて来た。

「おい、どうした、どうした」

作並くんは、慌てて私に近寄って肩を抱いて顔を覗き込んだ。目が合った。真底、困り果てたように目尻がたれている。涙が止まらない。だせーおやじ。情けない。でも、人を情けないと思うのと、いとおしいと思うことってなんて似ているんだろう。

東京方面に向かう車の中でも、私は、ずっと泣いていた。作並くんは、時々、私の様子をうかがっているようだったが何も言わなかった。家に着いて、私を降ろす段になって、ようやく口を開いた。

「すっきりしたか」

「まあね」途端に気恥しくなり、私は、不貞腐れたように口をとがらせた。

「涙を溜め込むと体に悪いらしいぞ。泣きたくなったら、いつでもおれに言えよ。泣かしてやるから」

「どうやって？」

「海に連れてって、あの小僧たちに、おやじよばわりされてやる」

「ばーか、そんなんじゃ泣けねーよ、真実だもん」

笑い声を背後に聞きながら、私は、乱暴に車のドアを閉めた。クラクションを二度鳴らして、作並くんは去って行った。私は、振り返って、車が小さくなるのを見詰めながらひとりごちた。慰めてやる。今度、あいつらが哲ちゃんを苛めたりしたら、絶対に私が慰めてやるから。

門の引戸を開けて中に入ると、蟬太郎が庭の隅でうんちをしていた。絶対に邪魔をしてくれるな、という風情を愉快に思いながら、音を立てないように離れまで歩いた。そして、教室に誰もいないのを確かめて、縁側に腰を降ろした。体が怠かった。海から帰って来ると、いつもこうだ。それでも何かをやりとげたような気分になれて、決して悪いものじゃない。

私は、板敷の木目を撫でながら、ふと思った。作並くんにとって、これと母屋の縁側との間には、ずい分と距離があったんだなあ。色々な草木や虫たちを乗り越えなくては、ここに辿り着けなかったんだなあ。私は、必死になっているひとりの少年の姿を想像する。それは頬笑ましくもあり、不格好でもある。私が初めて、男の子を好きになった時、そこまで格好悪くはなかったよ。むしろ、格好悪いのは今の方だ。あんなに人前で泣いたことなんてない。思い出すだけで恥しくなって来る。その恥しさの中で、遠くの高い波や、整備されていない砂浜に散らばる小石や、空を白く見せる程の強い太陽の絵が広がる。そこには哲ちゃんもいる。この庭にいるのとは違う人の彼がいる。私の涙を拭おうともしないで呆然としている。塩辛い水が口の中に入る。それは、昔、味わった海の水じゃない。

戻りたい海なんて、今の今まで、ないと信じてた。

セミ！　おうちに蟬を運んで来ちゃ駄目!!　母の声がする。彼女にとっての庭。そして、私にとっての海。与えられるのが、あらかじめ決まっていたとは、もう思わない。庭も海も、その人だけが作るものなのだ。塩辛さも甘さも自分で味つけをする自由がある。母と作並くんには、露草で作った青紫の水があり、私には、ある夏の一日に飲むことを覚えた紺色の海の水がある。それが、私の中に停まって、私だけの庭になる。誰もそこには入れない。入れてやるもんか。

「日向ちゃん、帰ってたの？　こんなとこで何してるの？　遅いと思って、ママ、心配してたのに」

蝉太郎を抱いた母が、飛び石を渡って歩いて来た。立ち上がろうとする私を母は制して、自ら縁側に腰を降ろした。

「話があるのよ。パパから電話があったの。大学どうするのかって。これから別の大学の受験考えてるのなら、通う場所によっては、パパのとこに来たらどうかって」

「なんだよ、それ、今さらやだよ。女の人と住んでんじゃん」

「ね？　ママも冗談じゃないって言ったの。日向ちゃんいなかったら、ママ、寂しくなっちゃうもん」

「作並くんがいるじゃん」

「哲ちゃんは、そんなんじゃない」

黄昏時の空に映る木の影の間を、蝉が音を立てて移動した。蝉太郎が、にゃーと鳴いて母の腕をすり抜けた。彼女は、猫の悪さを止めるために走って行った。私は、ただただ帰って来たばかりの海の色を思い出して、日の暮れるのを待っている。そして、引っ越しを頼むのなら、もう一度、作並くんにお願いすることになるのかなあなどと、ぼんやりと思っている。私には、太平洋につながるでっかい庭がある。それなのに、やり直すべき初恋は、もはや、ない。

アトリエ

なんという鳥なのか名前は解りませんが、それは、いつも姿を見せないまま、窓の外でゆんゆんゆんゆんゆんと鳴いているのでした。それを耳にするたび、私は、麻子の姿を捜してしまいます。彼女が自分を呼んでいるような気がするのです。いい年齢《とし》をして恥しいことだと思いながらも、私は、自分を、ゆんちゃんと呼ばせたままにしています。もちろん人前では裕二さんと呼ばせます。もう結婚生活も五年になろうというのに、いまだに新婚気分でいるなどと思われたくありません。それは、同居している両親の前でも同じです。職人気質の父が呆れてしまうに違いありません。ただでさえ子供っぽく頼りない嫁と思われているのです。とは言え、父も母も、彼女を嫌っている訳ではありません。きつい言葉を投げかけてしまうこともあるようですが、その後すぐに、ぎこちないながらも労っています。必死に立っているような彼女の風情を目の当たりにすると冷たくは出来ないのでしょう。そう、彼女は何かにつかまって、一所懸命立とうとしている。歩くのを覚え始めた幼児のように、その足は震えている。私は、少し離れたところで、おいで、と言う。ここまで辿り着いたらしてあげることがある。そんな私を見て、彼女は、ゆんちゃん、と呼ぶ。自分の口をついたその言葉につかまり、こちらに向けて開いた心の隙間を、私は、決して見逃したりはしないのです。

麻子に初めて会ったのは、小さなビルの地下の汚水槽の清掃作業の時でした。下水道本管や浄化槽などの排水先よりも低い場所に溜められた汚水や雑排水をポンプで汲み上げて掃除をするのです。その入口のある地下一階のスナックで働いていたのが彼女だったのです。

店主の都合で、勤務時間外だというのに、鍵を開けて立ち会うことを命じられていた麻子は、私たちの作業を驚いたように見詰めていました。カウンターの下の板を外したところに、深く暗い穴が広がっていることなど、普通の人は知りません。六ヵ月に一度の定期清掃を義務付けられているとはいえ、その中はひどいものです。有害なガスと汚臭に満ちています。大量の羽虫が湧いていています。水に関する美しいイメージを持っている人々が多いことには腹が立って来てしまいます。人間の使い古した水は、とてもとても、暗い。行き場を失くしたそれは、沈鬱な表情を持っている。この仕事を始めた頃は、それが自分にも移りそうに感じられて気が滅入って仕方がありませんでした。ところが不思議なものです。いつの頃からか、汚水をかぶりながらも格闘し水を汲み上げることへの充実感を覚えるようになったのでした。それは、綺麗に処理出来たという満足とはかなり異なる感慨です。新たな空間を作り上げたという達成感とでも言いましょうか。どうせ六ヵ月後には、また汚れ切っている。それまでの命。汚されるものに、これだけの労力を費す自分が、はかない芸術品を創作する偉い人のように思えて来てしまったのです。こんなふうに思うのを父が知ったら、しゃらくせえことを、と怒り出してしまうかもしれませんが。だから、こっそりと感じて悦に入ります。私は、汚物のために美しい居場所を作る芸術家なのです。汚されるのを待ち望む完璧な空間の提供者なのです。

「あの時のゆんちゃんは宇宙服みたいなのを着て、空で探険する人みたいだった」

するすると地下にもぐり込んで行く私を見て、麻子は衝撃を受けたそうです。こんなに勇気がある人を見たことないと思った、と言うので笑ってしまいました。彼女は、私のやることなすことに感心してしまうのです。私と知り合って以来、事あるごとに、初めてのことに出会ったというように目を見張るのです。そのたびに、私は、何も知らないままで来た彼女のこれまでに思いを巡らさずにはいられません。

作業が終わり、ホースの通り道に敷きつめたビニールシートを片付けようと店内に戻ると、麻子は私を手伝おうとしました。はっきり言って迷惑でした。素人に触られて、床に汚水の跡でも残したら、後でクレームが付いてしまいます。つい、私は、大声を出して制してしまいました。彼女は、私の注意を見幕と受け取ったのか、意気消沈してうなだれたままでした。するすると体が縮んで行くように見えました。何も、そこまで気落ちしなくても良いのに。私は、すっかり気まずい思いで、終了確認のサインを促し、汚水槽には決して殺虫剤などまかないように注意して引き上げたのでした。

暗い女だったなあ、と一緒に作業していた中越さんが帰り際に言いました。あれで、スナック勤めなんか出来んのかよ。その言葉を聞きながら、私も思いました。本当にやって行けるのだろうか。私は、まだ少女と呼んでも良いような薄い体と笑顔の予測のつかないとぼしい表情の目鼻立ちに、いつまでも心を残していました。

私の父が起した松本工業は、始めてから三十年たっています。法人にしてからは二十年弱でしょうか。父の下には、私も含めて社員が五名という小規模の会社ですが、管理会社を通して入って来る仕事は多く、営業エリアも広い範囲に渡っています。麻子と出会った排水槽清掃はもちろんのこと、貯水槽の清掃や設備のメインテナンスの仕事もとても多いのです。やがて私が継ぐことになるでしょう。本来は兄の裕一がそうするべきなのですが、父と喧嘩が絶えず、最後は逃げるように家を出て行ってしまいました。消毒液で体が溶ける前におまえも考えた方がいいぞ。それが兄の最後の言葉でした。父は、出て行った兄について、もう何も話すことはありません。楽したいだけの奴に用はない、と言っただけでした。確かに危険と隣り合わせですし、定時に始まって定時に終わることもない大変な仕事と言えばそうなのですが、兄貴は、私のような発想が出来ない人だったのだなあ、と意外でした。だって、昔からあの人は、ものを作ったり音楽をやったりするのが大好きな人だったのですから。この仕事にもその要素があるのに気が付かないなんて、馬鹿だな、と思いました。もっとも、技術者としての誇り云々と父に説教され続けていた兄に、そんな余裕は欠片もなかったでしょう。私は、その陰で、着々と仮想のアトリエを心の内に整えていたのです。笑止、かもしれませんが。

「ゆんちゃんがお店に現われた時、なんだか不思議な気がしたよ。甘くて、とろんとしたものを口に入れたような気がしたよ」

「眠くなったか」

私の言葉に、へへへと麻子は笑って返します。彼女は、甘くてとろとろした食べものが大好きです。シュークリームの中身などを口にすると、おいしくって眠くなるう、と目を細めるのです。

「その時は眠くならなかったよ。眠くなるには、口いっぱい入れないと駄目なんだよ」

麻子が言うことには、甘くてとろりとしたものの旨さは、量に関係しているとのことです。少量を口にしても駄目らしいのです。息が詰まるくらいがいい。そう言います。口じゅうを満たす程の量で初めて、眠くなる美味を獲得するそうです。酒好きで辛党の私にとっては、あまりぞっとしない味覚ですが。

次に麻子の働く店に行ったのは、ほとんど偶然と言えるかもしれません。私は、高校の頃、剣道部に所属していましたが、ある時、そこで一緒だった友人夫婦の家を訪ねたのです。引っ越し祝いという名目の飲み会でした。彼の新居が、彼女の店から遠くないところにあったのでした。久し振りに会った旧友たちと話は尽きず、外で飲み直そうということになりました。小さな商店街をほろ酔い加減で歩き、その店を通り掛かった時、私は、仕事中に会ったあの陰気な雰囲気の女を鮮明に思い出したのでした。私が入ろうと言うと、友人のひとりが、知ってるのか、と尋ねました。私は頷きました。

「暗ーい女の子が働いてる筈だ」

友人たちは、わざわざなんでそんなとこに、と呆れました。

「暗いって悪いことじゃねえよ。だいたい、近頃の女ははしゃぎ過ぎなんだよ」

そう言って、友人たちの不平を無視して、地下の階段を降りたのです。彼らは、渋々、私の後に続きました。扉を開けると、カウンターの内側に麻子がいて、グラスを拭く手を止めて私を見ました。その瞬間、彼女の目尻がほとびたように下がりました。彼女が言うように、甘くてとろんとした心持ちだったんでしょう。

ろくに話も出来ない麻子を放って、友人たちは、カラオケに興じていました。私だけは、ボックス席の彼らから離れて、カウンターに腰を降ろし、清掃日に何度か顔を合わせたことのある店主と他愛のない話をしました。時折、麻子の方をうかがうと、彼女は、皿を洗ったりテーブルを拭いたり、そして、することがなくなると酒瓶の並んだ棚に寄り掛かって、ぼんやりとしているばかりで、決して、私たちの会話には加わらないのでした。酒を勧めると、おずおずとグラスを差し出して、口を付けるだけで、カウンターに置いてしまうのでした。やがて、勤務時間が終わったのか、いつのまにか姿は消えていました。

「さっきのバイトの子？　あの子大人しいね」

私の言葉に、店主は肩をすくめました。

「すいませんね、愛想なくて。知り合いから頼まれて仕方なく面倒見てるんですけど、新しいバイトが来てくれたら、何か口実作ってやめてもらおうと思ってるんですよ。色々苦労して来たらしいけど、それが全部顔に出てるからこれっぽっちの健気さもありゃしない」

「色々苦労って？」

「さあ、そこまでは。人の苦労話って、気が滅入るんで、お客さん以外のは聞きません」

そうはっきりと言う店主に好感を持ちましたが、麻子の苦労がどのようなものなのか、にわかに知りたくてたまらなくなってしまいました。何故、ほとんど口をきいたこともない彼女が、こんなにも気に掛かってしまうのかは自分でも解りませんでした。ただ、これだけは、既に知っていたように思います。あの子は、私の、まだ自覚に至らない何かを確実に満足させてくれる。直感というものでしょうか。私は、その店に通い始めました。そして、店主が側にいない時を見計らって、少しずつ少しずつ、彼女がして来た苦労とやらを聞き出そうとしました。始めの頃、彼女は曖昧な表情を浮かべて黙っているばかりでしたが、やがて語り始めました。

「父は、アルコール依存症で入退院をくり返し働かず、母が会社の独身寮の賄い婦をして貧しい生活を支えていました。私は、幼ない頃から酔った父に性的虐待を受けていて恐怖と戦う毎日でした。ある日、そのことに気付いた母が激しく父をなじりました。父に飛び掛かって行った母は、反対に父に殴られ続け半殺しの目に遭いました。止めに入った弟は、威嚇するために手にした包丁で、あやまって父を刺し殺してしまいました。その晩、悲観した母は、弟の首を締めて殺した後、私にも手をかけましたが、私は必死に抵抗して逃げ出しました。ひと晩じゅう外をうろつき、恐る恐る家に戻ってみると、母は首を吊っていました。私は、呆然としたまま三人の遺体を前に何日も過ごしていましたが、近所の人の通報により警察に保護されました」

私は、呆気に取られてしまいました。こんなTVドラマのような不幸が存在するなんて。

「なんと言って良いのか解らないよ」

「いいんです。何も言わなくて。これ、願望なんです」

麻子の頬が、かすかに赤味を帯びました。初めて目にする彼女に通っている血の色でした。私は、怪訝な表情を浮かべて、彼女を見詰めました。

「こういう過去でもあれば良かったのになって思ってるだけなんです。そうだったら、自分自身に納得が行くのにって。つじつまが合うのにって」

「つじつま……」

「あたしって、ほんとはなんにもないんです。なんの理由もないのに、心ん中が重くて仕方ないです。何が詰まってるんでしょうね。解んないから、勝手に身の上話を作って落着くことにしてるんです。人に話すことなんてないんですけど……馬鹿みたいですか？」

初めて私に焦点を合わせた瞳が問いかけていました。私は、悲惨な作り話を聞いた瞬間よりも、はるかに困惑していました。身の上話を持つ人よりも、持たない人の方に同情している自分に気付いたのです。そして、私は、人に同情することが好きです。心地良くなります。そうさせてくれる人が、身近にいて、しかも、それが異性であることは滅多にないのですが。

「どうして、おれに話してくれたの?」

麻子は目を伏せて呟きました。

「しつこいから」

気を悪くさせていたのかと、ぎょっとすると、麻子は、初めて、ぎこちないながらも笑顔を見せて言いました。

「あたしにしつこくする人なんて誰もいなかったから、変な気持になっちゃったんです」

笑いがこじ開けたような歪んだ唇の隙間から、小さな犬歯が覗いていました。嚙み砕かれた、その変な気持とやらが、私に向かって洩れて来るような気がしました。この時、私は、初めて彼女に告白されている自分を意識したのです。特別な自分を感じて、私は、ひそかに有頂天になりました。この店に通う意味がようやく姿を現わしたように思えて楽しくてたまりませんでした。

ところが、次に行った時に麻子の姿はありませんでした。やめてもらいました、と店主は、素っ気なく言いました。

「何を考えてんだか、突然、カウンターの下の、ほら、松本さんがいつも下の汚水を汲み上げる時に入るあそこを開けてね、殺虫剤のスプレーをまき始めてね。そうしたら、中にいた虫が一斉に噴き出て来ちゃって、すごいことになっちゃって、もう、店じゅう羽虫だらけ。店のもん、全部、表に出して掃除しなきゃなんなくなって、いちんち休む破目になっちゃったんですよ。腹立って、腹立って、怒鳴りつけて、その日でやめてもらいました」

店主は、話している内に怒りが甦って来たらしく声を震わせました。

「どうして、そんなことしたんだろう。前の作業の時に注意しといたのに」

「知りませんよ。トイレに小蠅がいる、下の水にいっぱい湧いてるって騒ぎ出してね、ま、実際そうだったんだけど、素人が手を出すことじゃないのに。訳解んない女ですよ。でも、口実出来て良かった。松本さん、あの子気に入ってたみたいだけど、どこが良かったんですか？　もしかして、ゲテもん好き？」

「ひどいな」

「すいません。でも、松本さんみたいにいい男で独身なら、いくらでも可愛い女の子いるでしょ？　あ、今度入った子を紹介します。気立てが良くって、しかも色っぽい」

新しいバイトの女の子は、確かに感じの良い美人でしたが、私には何の印象も与えませんでした。私でなくても、ファンは沢山付くでしょう。私は、麻子と連絡を取れないか、と店主に尋ねました。彼は、せっかく紹介した新しい従業員に興味を持たない私に気を悪くしたようでした。

「松本さん、ほんとに変わってますよ。はい、これ、麻子の携帯。普通、女の子の電話番号は絶対に教えたりしないんだけど、あれは、もうどうでもいいから。でも、あの子やめたからって、ここ来なくなるのはなしですよ」

そんなことは有り得ない、と笑いながらも、もうここに来ることはないかもしれない、と思いました。私は、元々、この種のスナックは好きではないのです。古びて落ち着いた居酒屋の方が良い。そして、さらに、それより家で飲む酒の方が好きです。麻子と一緒にそうしたい。この思いつきにいても立ってもいられなくなり、私は、彼女に電話をかけました。あの子は、自分の専属だ。その時には、既に、そう思っていたのです。

結婚した当初、まったく知らなかった職業に接して、麻子は、相当とまどっていたようです。私たちの仕事程、厳しい衛生管理を義務付けられている職種もないでしょう。特に貯水槽清掃の時などはそうです。入槽前には消毒済みの合羽を着用しますし、外に待機している作業員に、ピューラックスという殺菌消毒剤で全身を噴霧消毒されます。半年ごとの検便も欠かせません。何も考えないで飲んでいたお水がありがたく思えて来た、と彼女は言います。綺麗な水とは、決して自然の水のことではないのです。私は、水には神経質になってしまいます。自分の手をかけた水を彼女に飲ませたいと考えます。完璧な作業を終えて蛇口から流れる水も、ブリタの浄水器を通します。だからでしょうか。時折確認する彼女の小便の色は、とても澄んで来たのです。

勝手に籍を入れてしまった私たちに両親は激怒しました。あちらの御両親はどうするのか、という母の問いに、私は、身寄りがないんだ、と言っておきました。本当のところ、麻子の両親がどうしているのか、私は知りませんでした。彼女は、疎遠になっているから、としか言いませんでしたし、兄のような例もあるので、不思議にも思いませんでした。それより、そんなことはどうでも良かったのです。ただ彼女を自分の目の届くところに置いておきたかったのです。

素性も得体も知れなくて気味が悪いなどと、ひどいことを言っていた母でしたが、会社の事務に忙殺されて家のことをする暇もなかったので、やがて麻子を重宝がるようになりました。麻子は、自分なりに、必死に、松本の家のやり方を覚えようとしていたのです。その手際の悪さに舌打ちをしながらも、母は、義理の娘に色々と教えるのを楽しんでいたようでした。

麻子が、初めて、私のことをゆんちゃんと呼んだ日のことは忘れられません。松本さんから裕二さんに変わった時も、それは嬉しいものでしたが。

私は、両親の前では、素っ気なく麻子に接していましたが、二階の私たちの部屋では、いつも彼女の体のどこかに触れていました。そして、あらゆることをしてやりました。彼女の髪を梳き、洋服を着たり脱いだりするのを手伝い、大好きな甘くてとろんとした菓子を口に入れてやりました。プリンをすくったスプーンを口許に持って行った時には、見る間に顔じゅうの筋肉が緩み、だらしない表情になるのです。私は、それが見たくてたまらなかった。だらしない幸せは、憂鬱を流してしまう作用があると思うのです。

「気持が暗くなったら、必ず、おれに言わなきゃいけないよ」

私は、麻子に言い聞かせました。けれども、彼女は、なかなか口を開くことが出来ません。沈んだ表情で黙りこくってしまうこともたびたびでした。そんな時、私は、彼女を笑わせようと必死になりました。くだらない冗談を連発しました。彼女が吹き出すまで続けました。彼女の笑顔を数えるのが私の日課になりました。前の日よりひとつでも多い日、私は、充実した一日を終えることが出来るのです。彼女の頭を肩に載せ、布団の中で眠りにつく時、さぞかし私はだらしない表情を浮かべていることでしょう。

ある日、どうしても笑わない麻子の体をくすぐったことがありました。止めて止めてと言いながら、私から逃がれようとする彼女を押さえつけて、なおもくすぐり続けました。とうとう我慢出来なくなった彼女は、けたたましい笑い声を発しながら床に転がりました。

私は、すっかり楽しくなってしまい、うつ伏せになった彼女に覆いかぶさって、まいったと言うまで続けるぞ、と言いました。彼女は、私の下で、足をばたばたさせていました。子供が、泳ぎを覚え始めたみたいな動きでした。首筋に汗をかいていたので、唇を付けて、それを吸い取りました。やがて、笑い声が苦し気なものに変わったので、私は、くすぐるのを止めて、彼女の顎をつかんで、こちらを向かせました。驚きました。彼女は、笑っているのではなく、しゃくり上げているのでした。頬が涙で濡れていました。私は、慌てて手の平で、ごしごしこすってやりました。

「人が自分のために一所懸命になってくれるのって、嬉しくて悲しいことなんだねえ」

麻子は、そう言って、私を見上げました。涙が後から後からこぼれ落ちるので、私は、その粒を舐めてやらねばなりませんでした。

「大丈夫だよ。悲しくなったら、もっとくすぐって、くすぐって、悲しくなる余裕なんてないくらいに笑わせてやるから」

「止めない？」

「止めない」

「約束する？」

「約束する」

ようやく麻子の涙は止まりました。私は、彼女を抱き起して、両腕の中に入れました。私の胸に顔を押し付けて、彼女は言いました。

「こういうふうな悲しい気持ってのもあるんだねえ」

「こういうって、どんなふうなの？」

「上手く言えない。自分が、どんどん弱って行く感じ。抵抗力、なくなって来てるよ。きっと、外に出たら、すぐに風邪引いちゃうよ」

そして、言ったのです。

「ゆんちゃんのせいだよ」

「ゆんちゃんって……おれのこと？」

麻子は、ばつが悪そうに下を向きました。前から、そう呼んでみたいと思い続けていたのだそうです。

「でも、そんなふうに呼んだら、もうおしまいだって思った」

「何がおしまいなの？　おれ、好きだよ？　そう呼ばれるの。少し照れ臭いけど、悪くない」

ゆんちゃん。おしまいどころか、私には何かが始まったように思えます。麻子が自分をそう呼ぶたびに、彼女の中から何かが流れ出て来るような気がします。

「じゃあ、おれも麻子のこと、あーちゃんとか呼ぼうかな。ちっちゃい子供たちみたいで幸せな感じがする」

麻子は、耳朶まで赤くしながらうつむきました。彼女は、近頃、赤くなることが多いようです。顔だけでなく、体の色々な箇所をそうさせます。血が暖まって皮膚のすぐ下まで上って来るのでしょう。前に、そんなことはありませんでした。手足は、いつも冷たいまで、しょっ中、さすってやったものです。それなのに、今では爪の先まで、すぐに、ほかほかして来る。近付くと熱を感じます。それを知ると、私自身も、ほかほかして来る。

あーちゃん、と私は、ふざけた調子で言って、麻子の顔を覗き込みました。彼女は、両手で顔を隠して、再び床に倒れ込みました。そして、あーと小さく呻きました。

「もう立てない。ゆんちゃんのせいだ」

私は、隣に横になり、麻子の髪を撫で、口を付けました。日向の子供のような匂いが漂っています。階下で、母が、私を呼んでいるようです。けれども、今、私は、ゆんちゃんという呼び名にしか反応しません。二階の私たちの部屋では、二人きりのひそやかな作業が、たった今、始まったばかりです。集中するにしたがって、頭の中は空になって行きます。互いの溜息が、行きかうのを感じます。それは、やがて、新しい呼び名に形を変え、心に噴き付けられ、快楽のためのみに使われるようになるのです。そこには、彼女の言うところの悲しい気持も、もしかしたら混ざっているのかもしれません。

いつまでたっても馴染まない子だ、と母は、五年間、麻子のことを言い続けています。

「皿の置き場所が違うって小言を言っただけで、石みたいにかちかちになっちゃうんだから。せっかく親子になったってのに、言いたいことも言い合えないなんて情けないねえ」

「気をつかってるんだよ。いいじゃないか。図々しく我もの顔でいるより。そんなんだったら、母さんの性格だもん、喧嘩が絶えないよ」

「あーあ、孫でも生まれてくれないかねえ。女の子がいいねえ。母さん、一度でいいから、女の子を可愛がってみたいのよ。どうなの？　裕二。あんたももう三十過ぎたんだから、そろそろ欲しいんじゃないの？」

「よせよ。麻子に言うなよ。余計なプレッシャーかかっちゃうから」

麻子が子供を生むなどと考えたこともありません。私たちは毎晩のように裸で抱き合いましたが、私が作りたかったのは子供などではありません。彼女が自分の内側に作られたがっていたものも違う筈です。では、いったい何なのか、と問われれば、私は、こう答えるでしょう。夢見るのは、二人だけのために完璧に準備された空間。それを作り上げたいのだと。そこでは、私たちのたてる音以外聞こえない。互いの体しか見えない。他人のまき散らす雑菌など入り込む余地もない。そんな中で、私たちは、くすぐり合うのです。心が笑い疲れるまで、それを続けます。やがて眠りにつくために、私たちは、そこを後にしなくてはなりませんが、心配はいらないのです。いつ戻って来ても、そこは完璧に整えられている筈なのですから。維持するのは、私の役目です。そのためなら、どのようなことも厭わないつもりです。

不器用で、動作のあまり機敏でない麻子は、スーパーマーケットのレジや郵便局の窓口などで、人々を苛立たせることがたびたびあります。混んでいる列で支払いをすませようとして、せっつくような人の視線に慌てふためいて小銭をばらまいてしまったり、自分の整理番号を呼ばれたのに気付かず、とうに順番を過ぎた頃に札を差し出して舌打ちをされたりするのです。夕食時の肉屋でもみくちゃにされ、コロッケすら買えずに帰って来たこともありました。その日は、私と父が夜勤だったのに食事が間に合わず、母にこっぴどく叱られていました。

そういうことがあった日は、麻子は、どうにか耐えながら家事をこなして、終わると二階の部屋にこもってしまいます。私は、すぐに後を追ったりはしません。まったく陰気なんだから、と文句を言う母につき合って、お茶を飲んだりしています。けれども、母の話など聞いてはいません。どうやって、麻子の嫌な気持を払拭してやろうかと、あれこれ考えるのです。彼女の言い分を聞きながら手足をさすってやろうか、彼女を傷付けた人間を罵倒しながら、部屋じゅうを歩き回ってやろうか。彼女は、自分のために怒る私を見るのが好きですから。無言で、ただただ抱き締めてやるのも良いかもしれない。あれこれ思い描いていると、私の内に、意欲が湧いて来るのを感じます。やりとげられるのを約束された仕事を与えられたような気がするのです。得体の知れない力が、体じゅうに注ぎ込まれて、胸を高鳴らせてしまうのです。不自然ではない時刻を見計らって、私は二階に引き上げます。そして、いきなりドアを開ける。そこには、私の切望していたものがあります。片隅に身を寄せる傷付いて行き場を失くした小さな生き物。強烈な欲望が、私を襲います。待っていなさい。今、綺麗にしてあげるから。

　麻子は、畳の上に座り込んだまま、ゆんちゃんゆんちゃんと、私を呼びます。それだけで、沈んだ彼女の心は浮子《うき》が付けられたように軽くなるのです。私は、それを引き寄せます。そして、どこから始めようか、と舌なめずりをするのです。

　母におつかいを頼まれ、麻子ひとりで電車に乗って隣町に行った時のことです。清掃作業の際に必要なチョークが切れてしまったので買いに行かされたのです。作業時には、黒板とチョークが必需品なのです。作業に必要な箇所を写真に撮って、その時に黒板に説明書きをして解りやすくするためです。

　至急に必要だということで、朝、家を出た麻子でしたが、昼過ぎても戻って来ませんでした。結局、通勤途中の従業員の携帯電話に連絡を取り、頼んで買って来てもらいましたが、母の怒りは収まりませんでした。社員ならクビに出来るのに嫁じゃどうしようもない、と腹立ちまぎれにごみ箱を蹴とばしていました。

私は、心配しながらも、家を出なくてはなりませんでした。途中、何度か、麻子の携帯電話にかけてみましたが、つながりませんでした。誰も気にしていないから、こちらに電話するようメッセージを残しておきました。

麻子から連絡があったのは夕方近くです。もう家に戻っているということでした。気分が悪くなったので公園で休んでいた、と言い訳しました。それでも声の調子がどうもおかしいので、私は問いただしました。すると、彼女は涙声で言うのです。

「ゆんちゃん、早く帰って来て」

「どうした？　なんかあったの？」

「あたし、電車で、変な人に触られたの。気持悪くなって、駅で、げろ吐いた」

事故に遭ったのではないのが解り、私は、ほっとしました。まあ、麻子にとっては大事故と同じようなものなのかもしれませんが。

私は、家で母に叱られ、二階にこもっている麻子の様子を想像しました。私の帰りを待ちわびて、瀕死の小鳥のように弱り果てている彼女。笑みがこぼれました。私が手当てをしなければ立つことも出来ないのでしょう。微笑は、いつのまにか歓喜を呼び寄せ、私は笑い出していました。今日の仕事は、埼玉にある豆腐工場の受水槽の清掃です。父の会社が請負う作業としては、外注の人々も使う最も規模の大きなものです。やり甲斐のある仕事を前にして気力が体じゅうに満ちて来るのを感じます。おかしいでしょうか。妻が痴漢に遭ってしょげ返っている時に、こんなにも前向きな気持になってしまう私は。

一日がかりの作業が終わり、家に戻ると、事務所では、母がパソコンで帳簿を付けていました。麻子のことを尋ねると、彼女は、二階を指差しました。想像していたような不機嫌な様子は、みじんもありませんでした。それどころか嬉し気に言うのです。

「気分悪いって、ずっと横になってるよ。ね、裕二、あの子、妊娠したんじゃないかね」

私は、肩をすくめて階段を上って行きました。まったく。私は母の都合の良い勘違いに呆れてしまいました。

麻子は横になってはいませんでした。開け放した窓辺にもたれて外をながめていました。寒くないのかと尋ねると寒いよと答えました。私が窓を閉めようとすると、それを制して言いました。

「寒い方が、ゆんちゃんに一所懸命あっためてもらえるもん。それより見て。あの柿、ぴかぴかしてるよ」

見ると、庭の柿の木が電灯に照らされて輝いています。

「おいしそう」

「渋柿だよ。もいでから、しばらく置いておかないと食えないよ。でも、食べ頃になるとうまいんだ。そうか、あーちゃんには食べさせたことなかったね。昔からあるから、おれたち飽きちゃって、もう採るの止めちゃってたもんな」

「どんな味?」

「腐りかけた甘い味」

「とろんとしてる?」

「うん。眠くなっちゃうよ」

その言葉に、本当に眠気を誘われたかのように、麻子は、私にもたれかかりました。

「あたし、いつも眠くなるようなままでいたい」

私は、すっかり冷えてしまった麻子の体を抱き寄せ、自分の体の熱を伝えてやろうとしました。

「それなのに、いっつも、何かが邪魔するの」

「大丈夫。邪魔なもんは、おれが必ずどけてやってるだろ?」

頷く麻子の体を支えながら、私は窓を閉めました。そして、今朝の痴漢について尋ねました。彼女は、身震いしながら、たどたどしく話し始めました。途中、本当に不愉快なところを省略しようとしましたが、私は許しませんでした。私は、その男が触れたように彼女を撫で回しました。息が次第に荒くなって来ました。

「気持悪い？」

「ううん。ゆんちゃんだと気持いい。どうしてなんだろう。さっきまで、何もかもが嫌だって気持になってたのに、ゆんちゃんに色々されるから大丈夫になって来た。いつも、そう。何も考える必要がないみたいになって来る。まるで、自分が優しい人みたいに思えて来る。優しいって、頭が空っぽのことなの？」

「そうだよ」

言って、私は、麻子のブラウスのボタンを外し始めました。すると、彼女も、私の作業着のボタンを外し始めました。

「頭だけじゃないよ。あーちゃんは、体も空っぽだ。おれのために空っぽだ」

「そんなの落ち着かないよ」

麻子は、私にされるままになりながら、頼りなく笑いました。その瞬間に半開きになった唇に、私は舌を差し入れ、唾液を流し込みました。出来る限り沢山。唾液は、後から後から湧いて来て、彼女の顔を濡らして行きました。顔じゅうが唾液だらけになってしまったので、今度は、彼女の体じゅうに口を付け、あらゆるところを濡らして行きました。空っぽで落ち着かないのなら、自分の水を入れておいてやろうと思いました。

「もう、隙間、ないよ。あたし、ゆんちゃんでいっぱいになってるよ」

「おれが側にいられない時は、そのことを思い出せばいい」

「次の空っぽに備えるんだね」

「そうだよ」

家族全員で食卓を囲んでいた時のことです。麻子以外は、この仕事に携わっているので、どうしても話題は、そちらの方に片寄ってしまいます。父も母も気をつかう人間ではないので、麻子が理解しているかどうかなど、おかまいなしです。

その日は、水質に関する話題が出ました。印旛沼水系、金町水系、江戸川水系などの水質の悪さについて、父は夢中になって話していました。塩素をいっぱい入れるから、すぐにポンプが赤錆だらけになって困るとか、オールステンレスだと楽なのにとか、そんなことを言っていた時、珍しく麻子が口をはさみました。

「でも、武蔵野の水はおいしいですよね」

日頃、打ち解けない様子の嫁が話に加わって来たので、父は、我意を得たりという調子で、武蔵野市の水の良さについて語り始めました。その内、ふと、思い出して言いました。

「あ、でも、一回、三鷹の古いマンションの貯水槽にカラス死んでた時あったなあ。せっかくいい水なのに、ひでえ管理会社もあったもんだ。設置業者もひどい。中古のブロワを平気で……」

父の話の途中で気配を感じて横を見ると、麻子は、蒼白になっていました。後で聞くと、カラスが大嫌いなのだそうです。そんなのがつかっていた水なんて、と彼女は身を震わせていました。大丈夫だよ、と私は言いました。おれは、あーちゃんに、そんな水、飲ませやしない。

「熟れてぐちゅぐちゅにならないと食べてもらえない柿の実は可哀相だなあ」

今、私に抱かれながら麻子は、そんなことを呟いています。不真面目な奴だ、と私は思い、もっとこらしめてやりたくなります。

「その点、あたしは幸せだあ」

麻子のその声は、何故か物哀しく私の耳に響きました。ずっと、そうだから。私は囁きました。ずっと、ずっと、そのままでいさせてあげるから。汗も、唾液も、精液も、おれから流れ出るものは、すべて、おまえのものだから。そう伝えて射精した時、私は、ひとつの完璧を作り上げたような気分で、大きく溜息をつきました。

我に返ると、私は、まだ力の抜け切ったままの状態である麻子を立たせて、二階専用のトイレに連れて行きました。彼女は、ふらふらと便器に腰を降ろしました。

「おしっこをしてごらん」

私は、麻子の両足を開かせました。彼女は言われるままに、放尿を始めました。目を閉じて、うっとりとした表情を浮かべながら。私は、音を立てて便器に溜って行くものを見詰めました。ほうら、二人の水。そして、彼女に教えました。これは、水質が、とても良い。

私たちの生活は、その日、望んでいた滑らかさを獲得したように見えました。私は、一日を終えて、麻子と二階に上がって行く瞬間を心から愛しました。階段が軋む音は、前奏曲のように期待を抱かせます。二階の部屋は、私たちを包み込み、そして、私は、彼女の内に入り込む。まるで、繊細で、なのに強靱な入れ子グラスを重ねるような二人のひととき。彼女は、隅々を私にくすぐられて笑い始める。その振動はグラスを震わせ、いつのまにか曇りを落とし、私たちは、お互いの姿を鮮やかに瞳に映せるようになるのです。

こうして、甘くとろんとした過去をいくつも手中に収めて来た私たちでしたが、ある日を境に変化して行きました。母の期待通り、麻子が妊娠したのです。風邪を引いたと怠そうに横になることの多い彼女を、母が無理矢理病院に連れて行って判明したのです。

嬉々として結果を報告する母の横で、麻子は、はにかんでいるようでした。考えてみれば当然の成り行きであるのに、私は、面食らった状態のままでした。嬉しくない訳ではないのですが、自分たちがして来たことと、子供を作るためにすることは、あまりにもかけ離れた行為のように思えたのでした。

その夜、私は、布団の中で麻子の腹を撫でました。三ヵ月目に入ったばかりだということでしたが、まだぺしゃんこです。ここに、みっしりと赤ん坊が詰まって膨れて行くなんて想像もつきません。

「なんだか実感が湧かないなあ。あーちゃん、元々生理不順だったから全然気が付かなかったし」

「ゆんちゃん、あんまり嬉しくないんじゃない？」

「なんで？　そんなことないよ」

麻子は布団にもぐり込んで、私にしがみ付きました。そして、くぐもった声で言いました。

「やだなあ。あたし、やだなあ」

私は、布団をのけて麻子の顔を覗き込もうとしました。すると、彼女は、私のパジャマに顔をこすり付けて、そうさせないようにするのでした。

「何がやなの？」

「来年の夏まで、おなかん中に何か入れてるなんて重くて気持悪いよお」

私は吹き出してしまいました。

「何かって、赤ちゃんだろ？　おれたちの。そんなこと言っちゃ駄目だよ」

「あたし、このままがいいんだもん。ゆんちゃんとこの部屋で気持良くなってるだけで良かったのに子供が出来ちゃうなんて」

「そういうことするとそうなるの！」

「ゆんちゃん、知ってた？」

「当り前だろう」

「嘘。あたしたちがしてたことは、そんなんじゃない。子供が出来ちゃうようなことじゃない。それなのに、ゆんちゃん、しれっとして当り前なんて言う。もう違う人になってこうとしてるんだ」

「麻子」私は、自分に貼り付いた彼女の体を引き剝がしてこちらを向かせました。怒っているのだ、と眉間にこれ見よがしに刻まれた皺に触れて思いました。怒りは、取り除いてやらねばなりません。

「違う人になんかならないよ。このおなかに赤ん坊が入っている間は、その子が、あーちゃんのやなもの全部食べてくれるよ」

「ゆんちゃんは?」

「その子を手伝うかな」

「じゃあ、二人掛かりって感じだね」

「あーちゃんは手間かかるから」

なんという会話だろう、と私は呆れてしまいました。この部屋に入ると、私たちには社会性というものが、まるで失くなってしまうのです。私たちがいつくしむべきものは、そこでしか生まれないのです。今、私たちは、子供の存在すら、そこに押し込めようとしている。そうすることで、親になる自分たちを受け入れようとしている。

「しばらくの間、その子に、あーちゃんのおなか貸してやる」

「ゆんちゃん、大人っぽいね」

「馬鹿、おれ、とっくの昔に大人だよ?」

麻子は、機嫌を直して、えへへと笑いました。

「ほんとのこと言うと、あたし、ゆんちゃんと自分の子供って見てみたかったんだあ」

「可愛いに決まってる」

私は、そう言いました。綺麗な水に包まれて育つのです。間違いない。私は、自分に言い聞かせました。けれども、封印せざるを得ない何かを感じずにはいられませんでした。

あまり深く考えてはいけない、と思いました。それが、くっきりとした輪郭を持って姿を現わす前に、子供は可愛いものだという常識で、心を覆ってしまうことにしたのです。

私は、前にもまして仕事熱心な男になりました。私たちの仕事は、暦の赤いところから埋まって行くことが多いのですが、それをこなすのはもちろんのこと、平日の休みの日にも積極的に残業申告をするようにしたのです。父は、満足そうに、私の仕事ぶりを見ていました。子供が出来て、跡取りの自覚が出て来た、と嬉し気に吹聴していました。それを耳にして、私も、そんな気になって来ました。元々、私は、この仕事が大好きなのです。大変で身を汚すと敬遠されがちではありますが、確実に結果は出ます。私の出した結果です。

もちろん急に忙しくし始めたからと言って、麻子を放っておいた訳ではありません。家に帰ると、真っ先に、彼女の姿を捜します。そんな私の様子を見て、今度は、母が目を細めます。仕事も家庭も大切にする息子は、両親を幸せにするものだと、父と母の喜びようを目にして、つくづく思いました。

麻子は、悪阻《つわり》がひどいのか、いつも青い顔をしていましたが、私がかまってやると血の気が戻るようでした。あまり食欲がないらしく、頬がこけ、くぼんでしまった瞼は二重になりました。しかし、その姿は、以前よりもいじらしくて、私の心をそそりました。そのたびに欲望を感じたので、おなかにさわらないように丁寧に抱きました。

「それは、ゆんちゃんのやり方じゃない」

麻子は、そんなふうに文句を言いながらも、されるままになっていました。私は、溜息をつきました。それは、私自身が一番知っていることです。でも、私たちは死ぬまで一緒にいるのです。こんな時期があっても良いではありませんか。可愛らしい邪魔者を間にはさんで抱き合う経験など、滅多に出来ないのですから。

ゆんちゃんは、あたしの、だよね、と麻子は、その最中に何度も尋ねます。心細いのだ、と思うと、いとおしさがこみ上げます。前と変わらぬ彼女に対する意欲が、私の内で息を潜めているのを感じます。おなかの子の落とす影がそうさせているのは、とても皮肉なことですが。

私は、じっと我慢します。私は、じっと我慢します。子供が生まれるまでのことです。こらえてこらえた、その末に、もっとも、やり甲斐のある作業が待ち受けているような気がするのです。だから、今だけは、思いやりのある夫としてだけ彼女を押し倒し、そして、むずがらせ続けるのです。その分、仕事に精を出し、そこで自分の創作意欲をまっとうするのです。内なるアトリエの完成に思いを馳せながら。

麻子は、甘くてとろりとしたものを受け付けなくなりました。私が買って来たプリンやババロアなど見向きもしなくなりました。

「この子がいるから、もう眠くなれないよお」

そんな我儘を言って、私を困らせるのです。もう少しだから、もう少しだから、と私は言い聞かせます。すると、私の心の中で何かが発酵して行く。そのとてつもなく甘い風味。ああ、これを麻子に食べさせてやりたい。そして、眠くなる程の幸せを、彼女に与えてやりたい。

「子供はいいぞお」

仕事後に立ち寄った居酒屋で、中越さんが言いました。何しろ孫を生んでくれるからな、と私に写真を見せて相好を崩しました。

「でも、裕ちゃんが、まさか、あの時のスナックの子と結婚するとはねえ、驚いたよ。まあ、あの頃から比べると麻子さんも、ずい分明るくなったから、良かったねえ」

「おふくろに叱られながらも、がんばってくれてますよ」

「口やかましいからねえ、社長の奥さん。外のごみ置き場、最近、カラスがすごいじゃない？　あれ、毎日、追っ払わせてるでしょ？　麻子さんに」

「え？　うちのがですか？」

「知らないの？　毎日、竹刀を振り回して、カラス追い払ってるよ。あれ裕ちゃんが子供の頃から使ってた竹刀でしょう？　すげぇ迫力なんで、びっくりしたよ」

私は、適当に話を合わせていましたが、腑に落ちない気持でした。帰ったら、麻子に聞いてみなければ、と思いました。昔、部活で使った竹刀など、どこにしまったのか当の私ですら忘れていたのです。

麻子は、私の問いに、あっさりと、カラスが嫌いだからやっつけようと思った、と答えました。そして、この竹刀があれば安全だから、欲しいと言うのです。

「押し入れの隅っこにあったんだよ。あたしを待ってたみたいだった。小さい頃のゆんちゃんの匂いがするよ」

話を聞いていた母が、台所から私を呼びました。そして、麻子に聞かれないように、小声で言いました。

「最近、麻子さん変だよ。病院に連れてった方がいいかも解らないよ。あんたが帰って来ると普通に戻るんだけど」

おかしな言動が、あまりにも多過ぎる、と言うのです。ある時は、私が麻子のために採って置いた庭の柿の実を立て続けに貪り食っていたそうです。まだ食べ頃ではないから、と注意すると、あたしは待たなくてもいいんです、と平然としていたそうです。また、ある時は、お義父さんはアル中だ、と泣きながら、母に抱きついて来たそうです。父は、甘党で、一滴も酒を飲みません。竹刀を持ったまま、玄関に立ち尽くしていたこともあったそうです。

「お義兄さんがお義父さんを殺しに来ますから戦わなきゃ、とか言うから、もうびっくりしちゃってねえ。裕一になんか会ったこともないのに」

目の前が暗くなりました。私の気付かぬところで、いったい麻子に何が起っていたのでしょう。私は、戻って、彼女の肩を揺さぶりました。

「だって、お義母さん、首吊ったらやだもん。あんなに良くしてくれたのに悲しいもん」

そう言って麻子はうなだれるのです。出会ったあの日と同じように。私は、今にも叫び出しそうでした。自分が彼女に何をしてしまったのか、そして、彼女が私に何を求めたのかをようやく悟ったのでした。

「でも、心配することないよ。竹刀の匂い嗅いでたら解ったもん。おなかの中にいるのは、やっぱり、ゆんちゃんだったよ。死んだカラスなんかじゃなかったよ」

私は、麻子を抱き締めました。いつのまにか泣いていたのでしょう。彼女は、私の涙のひと粒ひと粒を吸い取って行きます。私は、されるままです。自分の身が空になって行くのを感じます。ゆんゆんゆんゆんゆんゆんゆん。また、どこかで、あの鳥が鳴いています。

春眠

おとうちゃんも梅太郎だから、私たち二人共、春の登場人物だね、だから出会っちゃったんだね、などと弥生は臆面もなく口にし、その横で父は相好を崩している、その様が憎い。いったい何を間違えてしまったのか、と考えるたびに父が憎い、弥生が憎い。しかし、微笑ましいつがいを見るような表情を無理矢理作って彼らをながめている自分の腑甲斐なさが一番憎い。実家でくつろぐ姿勢を取る時、実は、章造の手足は不自然に強張っている。細心の注意を払って隠してはいるけれど。

もう大学時代に抱えていた恋心など消えている。ただ納得が行かないのだ。そのもどかしさが昂じて、苛立ちのあまり、憎いとすら思ってしまう。そんな章造の心の内を知る由もなく、二人は、彼に料理を勧めたりする。弥生の煮物は絶品だぞお、と父が言う。章造は、丁寧に隠し包丁を入れた野菜を口に入れる。そうだろうか、と彼は思う。母の濃い味つけの方が余程旨かった。お母ちゃーん、と章造は、中学の頃に他界してしまった母に泣き付きたくなる。なあ、この事態、どう思う？

弥生は、章造の大学の時の同級生だった。同じサークルで、他の仲間たちと、愉快な、かつ焦燥感に満ちた時間を共有した。社会人になった今から思うと、日々の雑事や将来の行く末などに一喜一憂したあの頃の自分たちは子供じみていたが、かけがえのない時代ではあった。その一部を彩っていたのが弥生だった。好きだった。けれども、彼女にはサークル内に公認の恋人がいたため、思いを打ち明けることはなかった。彼は、気のおけない男友達の役割を保ち続けた。告白して気まずい関係になるよりは、側で彼女を見守ることの出来る場所にいたいと思った。

私は、ぬくぬくとのんびり生きて行きたいの、と弥生は言っていた。だって、生まれてから、ずっとそうだったんだもん、心乱されるようなことは嫌。そんな彼女の言葉を聞いて、仲間たちは、困った奴だ、と肩をすくめたものだ。あいつ、世の中の厳しさ、ちっとも解ってねえのな。そして、親しみを込めて呆れた。章造も、だ。けれど、自分たちの誰が、厳しさなんて知っていただろう。社会に出た時の煩しさを予見していたのは、本当は弥生だけだったんじゃないだろうか。漠然とそれを感じていたからこそ、ことさらあんなことを口に出していたのではないだろうか。ぬくぬく。彼女の口癖。それは、そのまま渾名になった。

父と弥生が結婚するつもりだと聞かされた時、当然のことながら、周囲の人々は驚愕した。章造に至っては、打ちのめされて、数日間、食事も喉を通らなかった程だ。いったい、いつの間に？　という問いが、来る日も来る日も頭の中を駆け巡った。私は知っていたよ、と、妹の加江が笑った。気付かなかったお兄ちゃんが鈍感なんだよ、と。

おまえに会いに来てたんだと思ってた、と章造は、三つ下の妹の前で溜息をついた。おもしろがってサークルの飲み会に付いて来た加江と弥生は、意気投合し、いつのまにか姉妹のような間柄になったのだった。それを知って、彼は、ひそかに狂喜した。万が一、弥生と恋人が別れれば、加江が彼女の義理の妹になるかもしれない、という期待を抱いたのだ。しかし、本当にその事態がやって来た時、弥生が相談を持ちかけ心を許したのは父だった。

思えば、弥生は、ある時期から章造の家に頻繁にやって来るようになっていた。彼の家は、都下にある大学からほど近かったし、妹との交流は、ますます密になっていたので、不思議にも思わなかった。それよりも、仲間内を離れたところで、彼女に会える嬉しさが、彼を満たしていた。そのせいだ。そのせいで、何も見えなくなっていたのだ。

その日も弥生は章造の家に来ていて、当り前のように食卓に着いていた。赤飯が炊かれていた。ずい分と気が利く、と喜んだ。彼は、先輩の開いた税理士事務所に就職を決めたばかりだったのだ。弥生が、いち早く知らせてくれたのに違いないと思った。ところが、妹は手を叩いて叫んだ。

「えー!? ほんと? 偶然! 二重のおめでたじゃん!!」

怪訝な顔をして腰を降ろした章造に、父は言った。

「いや、まさか……こんなことになろうとは」

照れ臭そうな表情を浮かべて口ごもる父を労るように、弥生は、彼の背をさすった。嫌な予感がした。

「何言ってんのか、解んねえよ」

「お兄ちゃんたら。お父ちゃんと弥生ちゃん、結婚するんだよ」

妹の言葉に頷きながら、弥生は続けた。

「私は内縁の妻のままでいいって言ったんだけど、籍入れてきちんとしてやりたいって、おとうちゃんが」

おとうちゃん!? 章造は耳を疑った。呆気に取られている彼をしっかりと見詰めながら、弥生は居ずまいを正した。そして両手を畳に付いて、深々と頭を下げて言った。

「章ちゃん、私、弥生は、あなたの友達兼義理の母になります。どうか、よろしくお願いします。ずっと、ひとり身だったおとうちゃんと、末長くぬくぬくして行こうと思っています」

妹が、再び拍手した。そして、乾杯するべくビールの栓を抜いた。

「あ、そうだ。お兄ちゃん、仕事決まったら、このうち出て部屋借りるって言ってたよね。私も、一緒に住むから。うちの会社に通勤しやすいとこにしてね。新婚さん邪魔しちゃ悪いもんね。それじゃ、かんぱーい!! お父ちゃん、弥生ちゃん、お兄ちゃん、おめでとう!!」

章造は、ビールのグラスを一息に干した。緩んだ空気の中で、彼以外の全員が笑っている。いったい何が起ったのか。頭の中を整理しようと視線を落とすと、赤飯がつやつやと光っている。おとうちゃん、ほら、胡麻塩、と弥生に促されている父の薄い頭も同じように桃色に染まっているのが、彼には見なくても解っていた。

悪夢だ、と思ったあの晩のことを、章造は今でも、はっきりと覚えている。父親に好きだった女を持って行かれた情けなさは、もう感じてはいない。しかし、ひとつの恋を完璧に隠し通す困難を強いた父と弥生には、いまだに理不尽なものを感じている。その気持を決して悟らせないように二人に接する時、章造の心の中に、嘲りに似た感情が生まれる。あんたたち、不釣り合いなんだよ。声に出さずにそう呟く。不釣り合いの男と女をみっともないって呼ぶんだ。この先は、思う存分そのみっともなさを見届けてやる。そう決意すると溜飲が下がる。と、同時に、自分をなんて嫌な奴なんだ、となじりたくなる。悲しい。親、なのに。友達、なのに。二人は、自分のしまってあったよこしまな部分をほじくり出した。今、それの面倒を見ずにはいられない。なだめて、可愛がって、そそのかして、あやしながら飼い慣らしている。そのために、彼は、足繁く二人の許に通う。

「この間、おとうちゃんとこの火葬場に、映画のロケの人たちが来たんだって。でも、ほら、今、排ガス規制とかあるから、高い煙突ないじゃん？　煙ないと雰囲気出ないって、スタッフの人たち困り切ってたんだって」

「あのイメージ持たれてると困るねえ。ファン回してマイナス圧かけて煙吸い上げてるから、煙突短くていいんだからねえ」

「電気のフィルターで煙漉《こ》してるんだもんね」

「前に地方行った時は、困っちゃったよ。ごみの焼却場が近くにあったから、勘違いした年寄りが、そっちの煙に向かって手を合わせてた」

「えー、おかしー、ありがちー」

二人の会話を聞いて感心するのは、弥生がすっかり父の仕事の内容を把握していることだ。息子の章造ですら知らないことに精通している。サイトホール、ベッド拾骨、ワゴン拾骨、主燃炉、再燃炉。二人の話す言葉のほとんどの意味が、彼には理解出来ない。

章造の父の梅太郎は、斎場総合メンテナンスを謳う会社に勤務している。火葬の業務委託を受ける比較的規模の大きな所だ。親会社は火葬炉のメーカーで、そこが炉を日本各地の火葬場に納めている。

父の若い頃には偏見を避けられない仕事だったと聞くが、章造が、それを感じたことはない。もしかしたら、両親が努めてそう感じさせないように彼を育てて来たのかもしれない。誰もが一度は世話になる大事な仕事よ、と母が言っていたのを思い出す。役所の委託を受けてする仕事なので、朝八時半に始まり午後五時ぐらいには終わる。だから、彼も妹も親の仕事を特別とは思わないで来た。普通の会社勤めと違うと駄々をこねたのは、土日が友引と重ならない限り休みにはならなかったからだ。サマーランドに行きたいとぐずる章造に、仏さま優先！　と父はきっぱりと言った。誰にとっても、一生に一度のことだからな、と。子供心に納得した。サマーランドにはいつでも行ける。でも、火葬場で主役になるのはただ一度きりだ。そこに立ち会う父を、なんとなく誇らしくながめたものだ。

それでも、時折、父の仕事を章造への苛めの材料に使おうとする子供がいた。偏見を持っていたのではないと思う。偏見を伝え聞いたのだ。章造は、その子供に尋ねた。おまえ、死なないの？　ずっと生きたままなの？　それだと、皆が死んじゃった後、ひとりぼっちになっちゃうんだぜ。その子は泣き出し、苛めは止んだ。後に章造は思った。自分に苛められる要素があったから、つけ込まれたのだ。以来、彼は、快活であることを信条にした。すると、ますます父の仕事は、平凡な職業になり、特別な意味は失われた。

だから章造には、父の仕事ぶりにいちいち感嘆して相槌を打つ弥生の気持が解らない。おとうちゃんがいなかったら、皆、あの世に行けないんだ。えっへん、などと言って、父に体をすり寄せているのだ。

「だってえ、自分にとっての特別な人のする仕事は、やっぱ特別じゃなーい？　章ちゃんにも、その内、税理士の卵だなんて、すっごーいって言ってくれる子が現われるって」

言われたかねえよ、そんなこと、と章造はうんざりする。貧しいという程ではなかったが、優雅な大学生活とはかけ離れていた。バイトと学業に明け暮れた。忙しい合間を縫ってサークルにも小まめに顔を出して、友人関係を壊さないように努めた。この時間を捻出するのが一番きつかった。けれども、人に好かれるということが、どれ程日常を便利にして行くかを本能的に知っていた。まるで自分がお気楽な奴のように振る舞った。がんばっている人間は敬遠される。母を亡くした後の父が息子の自分にそうされたように。すべては上手く行った。本当は、弥生にだけは、必死な自分に気付いて欲しかった。でも、もう遅い。

「前に、忘れもん届けに、おとうちゃんのいる斎場に行ったんだよ。炉前で働いてるおとうちゃん、滅茶滅茶格好良かった。紺のブレザー着て、白い手袋しちゃってさ」

「炉前って?」

弥生は、呆れたように章造を見た。

「信じらんない。章ちゃん、何も知らないんだねえ。炉前ってのは、御遺族に見えるとこのことだよ。霊柩車から柩を台車に乗せ替えたり、告別ホールでお別れに立ち会ったりするんだよ。焼香台や炭をセットする手際もプロって感じで惚れ惚れしちゃった」

「弥生が来たから格好つけちゃったかな」

父が目を細める。弥生が、やーだ、と言って、父の額を小突く。何もかもが好ましいのだ。この二人にとっては。父のこんな様子を目の当たりにする日が来ようとは。

母が生きていた時はどうだっただろうか、と章造は思い出そうとする。仲は良かった。しかし、その様子は苦楽を共にして来た同志のように見えた。両親が男と女であるなどと考えたこともなかった。同じ家の中にいるのが当然の二人の人間。そこには性別はない代わりに役割があった。父親として母親としての役割分担が、きっちりと嚙み合って均衡を保っていた。そして、その明確さが、子供たちを落ち着かせていた。

「章ちゃん、おとうちゃんのことなーんにも解ってなーい。でも、いんだもーん、私がもう全部解ってるから、おとうちゃんは、何も心配することないんだよ」

「悪かったな。じゃあ、親父はどうなんだよ、弥生のこと全部解ってるって言うの？」

章造の問いに、弥生が答えた。

「当り前じゃん。私が側にいるだけで、おとうちゃんには全部お見通しなんだよ」

「へえ、そんなに親父って頭良かったたっけか」

「馬鹿だねえ、章ちゃんは」

弥生は憐れむような表情を浮かべた。

「そういう時に使うのって頭じゃないんだよ」

「じゃあ、何、使うんだよ」

弥生は、突然、父のかいた胡坐の上に倒れかかった。そして、膝頭に頬をこすり付けて言った。

「にゃー」

猫？　猫なのか!?　父は、弥生の顎の下を手の甲で揉むようにこすった。猫の飼い主なのか!?

「にゃーにゃー」

章造は、不気味なものを見るような思いだった。その視線を上目づかいで受け止めながら、弥生は笑った。

「こういうふうにしてると、色んなことが解って来るんだよ」

「弥生は、でっかい猫だな」

父は、弥生の頭を膝に載せながら、章造の視線など一向に意に介さずに、そんなことを呟いて、酒を飲んでいる。

「猫って言っても、春の猫だよ」

「うんうん」

「ここは、ずっと、私の寝床だ。予約」

「うんうん、弥生の永久予約だ」

母が、決して、父に対してしなかったことは、と章造は思い至った。崩れることだ。あの人は、決して、父のみっともなさを人目にさらすようなことはしなかった。もちろん、子供たちにも。威厳のある人だと信じようとしていた。だから、母の亡き後、父が台所に立った時、自分と妹は慌てたのだ。そんなことをさせてはいけない、と子供心に感じた。だから、妹は、急速に料理の腕を上げ、自分は、掃除や洗濯の能率の上げ方に試行錯誤したのだ。それなのに、今、父は、弥生に言われて皿を並べたり、醤油を小瓶に移し替えたりする。細々した日常の手間を惜しまない。お茶を飲みたい時には、お茶、とひと言、口にするだけだった人が、自ら薬缶を火にかけている。もしかしたら、本当は、こういうことをしたかったのだろうか。いや、まさか。父は変わってしまったのだ。しかし、何十年もかけて形作られた人の有りようが、ひとりの女との出会いで変えられてしまうものだろうか。そこに行き着くと章造は、もどかしい気持になる。自分が何か重大なものを見逃しているように思えて来る。父と弥生が魅かれ合う元になった何か。男女の関係以前に、もう既に存在していた何か。二人は共有している。自分には到底理解出来ない代物を。

　親父たち、見るに耐えないと思わないか？　そう妹に尋ねたことがある。すると、彼女は、別に、と素っ気なく答えた。

「お父ちゃん、若い奥さんもらって箍《たが》が外れたのよ」

「そんな見捨てたみたいな言い方すんなよ」

「そうじゃないよ。悪い意味で言ってるんじゃない。弥生ちゃんに外してもらったのよ。お父ちゃん、やっと本当の自分になったんだよ。もう、お兄ちゃんと私を気にかけなくて良くなった。私たち、ようやく弥生ちゃんにお父ちゃんまかせて自由に出来るようになったでしょう？　私たちが自由になったってことで、お父ちゃんも解放されたのよ」

「意味解んねえよ。おれたち、そんなに親父を束縛してたかなあ」

「私たちが束縛してたんじゃなくて、お父ちゃんが束縛されることを自分に課してたのよ」

「何のために」

「私たちを残して死んじゃったお母ちゃんのためにでしょ。お母ちゃん、一所懸命、死ぬまで家族を支えて来てた。それに応えようとして来たんだと思う」

高校を卒業して、すぐに社会に出た妹の方が、ずっと自分より大人だ、と章造は感心した。父親の不自然な再婚を何のわだかまりもなく受け入れている。そのことを伝えると彼女は笑った。

「私だって、お父ちゃんの再婚相手が、ブスで性格の悪いばばあだったら反対したよ」

「猫みたいにじゃれ付く甘ったれだったらいいのかよ」

「楽しいじゃん」

「親父、あの年齢《とし》だよ?」

「あの年齢だから楽しい方がいいんだよ。これからも弥生ちゃんと一緒だったら、死ぬまで楽しいよ。お父ちゃんに、楽しい思いさせてくれて、私、弥生ちゃんにはありがたいと思ってるんだ」

「……弥生は楽しいのかな」

「見てりゃ解るでしょ?」

それは、その通りだが、と章造は頷いた。まだ若い弥生が、その楽しさを持続出来るものだろうか。またもや思ってしまう。何故、自分ではいけなかったのだろうか。同い年齢。二人で、どんどん新鮮な楽しさを開拓して行けるのに。

「弥生ちゃん、大学の頃、ぬくぬくって呼ばれてたんだって？」

「そう。のんびりぬくぬく生きるのが夢だって口癖だったから」

「じゃ、夢かなったじゃん？　弥生ちゃんは、ぬくぬくしてるよ」

そして、その情景を思い出したのか、妹は、くすくすと笑った。

「悲しいくらいに、ぬくぬくしてる」

妹は、夕餉の支度をするために台所に立った。勝手に二人で住むことを決めてしまった彼女に、最初の頃は苛立っていた。しかし、今、その後ろ姿をながめていると、悪くない選択だったと章造は思う。母がいなくなってから、ずっとこの後ろ姿を見続けて来たのだ。そして、年ごとに規則正しくなって行く包丁の音を聞いて来た。それは、生活に安心を呼び寄せる。父は、もうこの音を必要としなくなったのだろうか。

酒の肴を待ちながら、流しに立つ妹を見て、父は言ったことがある。加江は、どんどん、お母ちゃんに似て来るなあ。ただの感慨から来る言葉だろう、とその時は思っていた。人は誰でも死んだら灰だ。父はつねづねそう言っていた。人間の灰について熟知している彼の言葉には、あまりにも説得力があった。けれども、もしかしたら、灰になっても死なないものを、そこに見ていたのかもしれない。聞こえていたのは母の包丁の音だったのかもしれない。解放された、と妹は言った。解放されたのは、本当に父だったのか。それとも、死んでなお父の許にいなくてはならなかった母だったのか。

「お兄ちゃん、弥生ちゃんが、今度、四人で温泉行こうって言ってたよ。お父ちゃんも、友引と続けて、もう一日休み取れそうなんだって」

「なんで、おれも行かなきゃなんないの？」

「なんでって……お父ちゃんの息子だからでしょ？」

「家族の親睦会って訳？　冗談じゃねえよ」

「あのねえ……」妹は、御玉杓子を手にしたまま振り返った。

「ふられたからって、いつまでもいじけてんの良くないと思うよ」

章造は一瞬言葉を失った。不意をつかれた気分だった。妹は、ばつが悪そうに下を向いた。

「ごめん。弥生ちゃんに聞いた。気付いてたことお兄ちゃんに言わないでって口止めされてたんだけど、お兄ちゃん、あんまり子供っぽいから」

「……女同士、仲がいいんだな……」

章造は、怒りを押し殺した声で言った。弥生への思いやりと感じて大切にして来たものが、ぶち壊されたような気がした。父と弥生以上にみっともなかったのは、自分だったという訳か。

「まさか、章ちゃんには悪いと思ってた、とか言ってたんじゃねえだろうな」

「それこそ、まさか、だよ」妹は、呆れたように章造を見た。

「お兄ちゃん、弥生ちゃんのこと何も解ってないんだね」

「じゃなんて言ってたんだ」

「当ててごらん」

「私は、章ちゃんに相応しい女じゃない、とか？」

妹は、盛大に吹き出した。何がそんなにおかしいのかと、章造は憮然とする。

「マジで言ってんのーっ？　お兄ちゃん、あんた、何様？」

この上、妹にまで馬鹿にされるのか。章造は、腹立ちまぎれに、かたわらにあった雑誌を投げつけた。

「弥生ちゃんはね、こう言っただけだよ。人生って、ままならないもんだねえって。同情も罪悪感も何も持っていないふうに、ただ、ゆったりとそう言っただけだったよ」

弥生の声が聞こえるようだった。章ちゃん、人生ってままならないもんだねえ。ひと足先に何かを手に入れてしまったという自覚などまったくない、ただの事実を語るような調子の声。

あれは、大学二年の冬のことだった。東京が珍しく大雪に見舞われた。飲み会の後、弥生の家まで送って行こうとしたら、電車が止まっていた。タクシー乗り場には長い列が出来ていた。遠いけれども地下鉄の駅まで歩ける、という彼女につき合って、章造も歩くことにした。渋々という態度を取っていたが、本当は嬉しくてたまらなかった。童謡の中に登場する犬みたいな気持になり、実際に口ずさんでみた。雪やこんこ、あられやこんこ、降っても降ってもまだ降り止まぬ。弥生は笑い出し、自分も歌い始めた。犬は喜び庭駆けまわり、猫は炬燵で丸くなる。二人共、止められなくなり、どんどん大声になって行った。章造は、はしゃいで、時に雪の上を転がり、弥生は、それを見て笑いながら転ばないように慎重に歩いた。

「弥生も寝っころがってみ、雪の上、最高!!」

章造の誘いに微笑みながら、弥生は空を見上げた。

「空は、すごいねえ。こんなものをいっぱい作れるんだから。それで、人を喜ばせたり、困らせたりするんだから、才能あるねえ」

章造は、ふざけて、雪の上で体を起し、弥生の手を力まかせに引っ張った。彼女は、呆気なく、彼の隣に転がった。そして、動かなくなった。慌てた彼は、その顔を覗き込んだ。彼女は目を見開いたままだった。

「あー、びっくりした。気、失っちゃったのかと思った。驚かせんなよ」

「章ちゃんは、本当に、歌の中の犬みたいだね」

「悪かったな」

「私は猫でいいや。丸まって、ずっと窓の外の雪を見ている」

「ぬくぬく?」

「そう、ぬくぬく」

弥生らしい、と思い、いとおしさがこみ上げて来た。章造は、雪の日の暖かな部屋を思い描いた。弥生が炬燵で丸くなっている。そして、自分は、外でおどけて走り回っている。ガラス戸越しに部屋の中を見る時、どれ程、幸せな気持になることだろう。うたた寝する彼女の寝顔を確認しつつ、雪と戯れることが出来たなら。

「私は、雪に触って嬉しくなる人の種類には入ってない気がする」

「……雪、嫌いだったのか」

「ううん、大好きだよ。でも、溶けて水になっちゃうからもったいなくって」

「変な奴」

弥生は立ち上がろうとし、章造は手を貸した。その時、彼女は言ったのだった。

「人生って、ままならないもんだねえ」

生意気言ってる、と章造はおかしくなった。ままならない思いを抱えてるのは、こっちなんだぞ。

あの時、彼女は、もうこちらの気持に気付いていたのだろうか。それとも、彼女自身のことを言っていたのだろうか。父とは、まだ出会っていなかった筈だ。

父の膝の上で、猫のように振る舞っていた弥生を腹立たしさと共に見つめていた時、あの雪の日の出来事を、章造は、つゆほども思い出さなかった。猫は炬燵で丸くなる。父は、弥生と一緒に窓の外の雪を見る人なのだろうか。そうなのかもしれない。そして、自分は、道化者のように、雪景色の中で、ガラス戸の内側を、ただ、見ている。

弥生の両親は、娘の結婚に最初は難色を示していた。当然のことだと章造は思った。彼らなりに思い描いていた娘の未来があった筈だ。しかし、弥生は両親の忠告になど聞く耳を持たなかった。私の居場所を見つけたから、と言い張ったという。一度だけ、双方の家族が集まり会食をした時に、彼女の父親が言った。梅太郎さんが、私よりも年下なので、ほっとしました、という彼の言葉に、章造は首を傾げた。ずい分とあっさりしている、と感じたのだ。だから、正直に尋ねた。ただでさえ偏見を持たれがちな父の職業に加えて、同級生の親という立場、後妻に入ること、それらのことが気にならないのか、と。すると、弥生が代わりに答えた。死ぬ時に、一番幸せなのが勝ちじゃん。そういうことだそうです、と、彼女の父親が続けた。そして、よろしくお願いします、と頭を下げた。それを受けて、章造の父もテーブルに額が付く程の御辞儀を返した。物解りの良い父親とわがままで我を通して来たお嬢さんという訳か、と章造は胸がむかつくような思いを感じた。上手く行かなくなったら、いつでも帰ってらっしゃいって言ってるんですよ、と母親が冷やかに口を出した。この人の方が余程普通だ、と思った。

章造は、それ以来、弥生の家族に会っていないが、妹は弥生の里帰りに、時々つき合っているようだった。

「弥生ちゃんち、うちと全然違うよ。すごくにぎやかなんだ。うるさいくらい。驚いた。大家族ってああなんだね」

弥生には、兄がひとりと姉が二人いる。末っ子だ。両親の他に、寝たきりの祖父とまだまだ健在な祖母もいる。兄嫁もいて二世帯住宅に住んでいるが、いつも全員で団欒の時を過ごしているという。兄の妻は妊娠していて、今年じゅうに、またひとり家族が増えるそうだ。

「もう、誰が誰だか解らなくなりそう。楽しいの。でもさあ、あれが毎日だと、私なんかは耐えられそうにないな。弥生ちゃん、もしかしたら、家を出たかったのかもしれない」

だからと言って、父の許に転がり込むことはないじゃないか、と章造は思った。

「そんなの自立して、ひとり暮らし始めりゃ良いことじゃないか」

「お兄ちゃんたら」

妹は、何も解ってないなあ、と言わんばかりに首を横に振った。

「弥生ちゃんは、ひとりぼっちになれない人だよ。そういう訓練出来てない。だからと言って、人と一緒にいたいために、自分を取り繕ったりも出来ない人。お父ちゃんみたいな人といてこそ、のびのびするんじゃないかなあ」

「親父のどこが、あの子をそうさせるのかなあ」

「あんたもしつこいね。親のこと、もう少し理解しなよ。お父ちゃんはね、いつも、お父ちゃんのままでいる人。威張ることもないし、自分を卑下したりもしない。いつだってまんまじゃん。お兄ちゃんと違う」

章造は、何か痛いところを突かれたように感じた。けれど、急激に湧いた怒りが、それを覆い隠した。

「どういう意味だよ」

「むかつく？　ふふん、いい気味」

「殴るぞ」

章造の脅かしなど、ものともせずに、妹は笑った。

「そうしたいのなら、どうぞ。どうせお兄ちゃんがそう出来るのなんて、私にだけじゃないの。家の外では、いっつもいい奴ぶってたものね。私、今でも、子供の頃にお兄ちゃんが書いた作文覚えてるよ。花まる付いてたやつ」

頬が熱くなった。その書き出しはこういうのだ。ぼくの尊敬する人は、お父さんです。

「子供心に、なんか違ってるって思った。でも、ちっちゃいから、その感じ、説明出来なかった。今なら解る。あの時、感じた異和感の正体。親を尊敬している、なんてしゃあしゃあと言えちゃう人って、嘘つきだと思う。本当は、そうじゃないから、その負い目を誤魔化そうとしてるんだ。お兄ちゃん、お父ちゃんのこと尊敬なんかしてないよ。格好つけて良い子になろうとしてただけ」

「うるさい!!」

妹は、章造の見幕に口をつぐんだまま彼を見詰めていた。怒鳴り声に動揺している様子は、みじんもなかった。それどころか、何かいとおしいものを見るような色を瞳に浮かべていて彼を慌てさせた。彼女は、しばらくの間、黙ったきりだったが、やがて、言葉を選ぶようにして話し始めた。

「私は、お父ちゃんを尊敬してるなんて、りっぱなことは言えない。でも、お父ちゃんの味方だってことは、はっきりしてる。お母ちゃんが死んだ時に、そう決めた。覚えてる？拾骨終わった時、お父ちゃん、炉前の作業してた人に、深々と頭下げてお礼を言ってたよ。とても、綺麗な形に火葬していただきましたって。泣くことだって出来たのに。そうしなかったお父ちゃんの、私は味方だから。お兄ちゃんなんか、お父ちゃんの仕事嫌いだったくせに、尊敬なんて……」

「もういいっ!!」

章造は、乱暴にコートを羽織り、家の鍵と財布だけをポケットに入れ、外に出た。勢い良く閉めたドアの音を聞いて、自分でそうしたにもかかわらず、追い出されたような気分になった。表に出て、彼は、当てもなく夜の道を歩いた。

何故、あんな言われようをされなくてはならないのだ。腹立ちまぎれにごみ集積場の袋を蹴り飛ばして、夜出すのは違反だぞ、などと呟いたりした。その内、気持が落ち着くと今度は、泣きたいような気持がこみ上げて来た。

確かに自分は父を尊敬などしていなかった。人の死の都合に合わせて、ろくに休みも取れない仕事なんて冗談じゃないと思った。土日と友引が重なったというのに、家族をどこにも連れて行かず、テレビの碁の番組を見続けている姿が嫌いだった。その背中は丸まっていて、母が感じさせようとした威厳とは程遠かった。つき合っていた女の子からの電話を一方的に切るなんて、ひどいと思った。そして、それよりも何よりも、母に優しい言葉のひとつもかけてやらない冷たさに腹が立った。

母の葬儀の日のことは覚えている。父が、斎場の作業員に挨拶をした時の様子も、鮮明に記憶に残っている。でも、妹のようには感じなかった。啜り泣く親族の中で、彼だけが礼儀正しく振る舞った。自分は、それを、まるで裏切りのように思ったのだ。この人は、死に慣れている。その他大勢の人々の死と母の死を同じように扱おうとしている。今、拾った骨は特別な骨だったんだぞ！ そう叫びたいのをこらえ続けて苦しかった。

味方。妹の言ったその言葉を使うなら、自分は、母の味方なのだ。死んでしまったからこそ、余計にそう思うのだ。そして、父と弥生が結び付いたことで、さらに強く感じてしまうのだ。お母ちゃん。章造は、母に呼びかける。あんたをもう一度死なせたくはないよ。うさばらしの徘徊が、ただの散歩に変わる頃、章造は、ようやく家に戻る気になった。妹と顔を合わせるのは、ばつが悪かったが、仕方ない。そう言えば、両親に逆らったこともなく、友達と喧嘩をしたこともない自分が何故か、妹とは、よくぶつかる。彼女の遠慮のなさと来たら天下一品だ。だから男にもてないのだ、と思いついて、溜息が出た。遠慮しすぎて、自分も同じ結果を招いていることに気付いたのだ。嫌になる。

弥生から電話があったのは、それから数日後のことだ。前にも話に出ていた温泉旅行の日程を決めたと言う。既に宿の予約もすんだと聞かされて、章造は、勝手なことをと不愉快になった。

「いいじゃないか。加江ちゃんと喧嘩したままなんだって？　駄目駄目、家族は仲良くしなくっちゃ。私とおとうちゃんを見習いなさい。温泉であったまって仲直りといこうよ、っていうか、来月は、私とおとうちゃんの誕生月でしょ？　しみじみ祝おう！」

しみじみは二人きりでしてくれ、とうんざりしている内に、弥生は一方的に電話を切った。

あの言い合い以来、妹とは口をきいていなかった。子供じみているとは思いつつも、彼女のわざとらしいつんけんした態度に接するたびに、章造も同じような振る舞いを返してしまうのだった。父と一緒に暮らしていた頃は、こんなふうではなかった。不自然なくらいに、すぐに歩み寄り仲直りをした。二人共、もう子供ではない、と知らせて、父を安心させたかったのかもしれない。

温泉行きが間近に迫ったある日、とうとう妹の方から話しかけて来た。

「お父ちゃんと弥生ちゃん、今回の一泊旅行ものすごく楽しみにしてるんだからね。お兄ちゃんも家族の一員として、雰囲気を壊さないようにすること。兄として、かけがえのなくした。

「兄として、裕福でない妹の宿泊料金は負担すること。よろしく」

そういうことか。図々しい奴だと思いつつも、気まずい沈黙が解けて、章造は気持を軽
「……かけがえのないって……おまえ、口語体で喋れよ」

い妹を労ること」


　宿は、上越新幹線の上毛高原駅からバスでしばらく行ったところにあった。湯治場を兼ねた古くからある一軒宿だ。まだ雪が残り、軒下には、長いつららが下がっていた。父と弥生、そして、章造と妹のための二部屋が取ってあった。当然のことと思いつつも、父と弥生が、同じ部屋に泊まるのは、なまなましい感じがした。ひとつの布団で一緒に寝るのだろうか、と想像して、章造は、首を横に振った。そして、親のセックスを連想させてしまう弥生を、また少し憎んだ。

　行きの列車の座席で、弥生は、終始、うっとりとした様子で、窓の外を見ていた。片手は常に父の太股の上に載せられていた。射し込む陽ざしは熱いくらいで、彼女の頬は、薄紅に染まっていた。

「外は寒そうだけど、ここは春だねえ。ぽかぽかしてる。おとうちゃんといると、色んなところに春があるね」

「弥生が運んで来るんだろう」

「違うよ。おとうちゃんと私で、一緒に作っている春だよ」

「花咲じいさんと花咲ばあさんになるか」

「賛成！　あーん、私、早くばあさんになって、おとうちゃんに追い付きたいよ」

「急げ、急げ」

二人の会話に呆れて、章造は妹を見た。彼女は何も言わずに、人差し指を立てて口に当てた。実直そのものだった父が、弥生といると途端に浮世離れする。と、いうより既に浮世を捨てたのか。父と弥生は、のんびりとした調子で、春が来た、と口ずさみ始めた。章造は、この時、自分と妹の存在が消されたと、確かに感じた。

夕食の後、父と弥生の部屋で全員が酒を飲みながらくつろいだ。温泉も食事も申し分のないものだったので、気が進まないままに参加した章造も、すっかり満足していた。父は、弥生の酌で盃を重ね、ずい分と酔っているようだった。

「おとうちゃんと混浴に入ったんだよ。そしたら、ここで湯治してる主みたいなおばあさんがいて、親子かって聞くの。きっぱりと、めおとですって言ってやった」

めおとって、いつの言葉だ、と茶々を入れる章造を弥生は無視する。妹は、吹き出しそうになり夜食の握り飯を喉に詰まらせた。

「そうしたら、あれまあ、こんな若い娘さんに女房務まるのかいって言うの。かちんと来てたら、おとうちゃんが言ってくれたんだよ。これ以上の連れ合いはいませんよって」

章造の中で、一瞬、何かが歪んだ。

「私、嬉しくって、章ちゃんと加江ちゃんのお母さんに手を合わせちゃったよ。私にまかせて下さいって、何も心配はいりませんからねって」

「あれが逝ってから、ずい分たつなあ。もう心配はしていないだろう。というより、弥生のおかげで心配させないですんでいるって言うべきかね」

「今度、またお墓参り行こ！　今日楽しかったこと報告しよ？」

弥生は、そう言いながら、父の盃に徳利を傾けた。浴衣の袖から伸びた白い腕に血管が透けている。酌を受ける父の指は骨張り黒ずんで太く、つまみ上げられた猪口が小さな玩具のように見える。青磁に似合わない手だ。それを認めた瞬間、章造の内でずっと抑えていたものが口を突いて出た。

「みっともねえ」

父と弥生が、同時にこちらを見た。

「あんたら、みっともねえんだよ」

「お兄ちゃん!!」

妹が、制止しようと、章造の腕をつかんだ。しかし彼自身、一瞬、しまったと感じたものの、もう収まらないのだった。

「あんたたち、なんなんだよ⁉　頭おかしいんじゃないのか？　このまま、ずっと、こうやって行くのかよ？　毎回毎回こんなもの見せられて、見てるこっちが痛いんだよ‼」

「じゃ、見なければいい」

弥生は、まばたきもせずに、章造を見つめたまま言った。いつもは、半分眠っているようにとろりと瞼の下がった目が、完全に見開かれていた。そこに宿る強い光に、彼は、たじろいで視線をそらした。その先に、肩を落とした父がいた。その姿は、弥生と体を寄せ合う時よりも、はるかに、みっともなく彼の目に映った。自分が、何か重大な間違いを犯したような気がした。それなのに、いったん噴き出してしまった感情は、眠っていた言葉を次々に起して外に連れて行く。

「お母ちゃんが生きてた時、お父ちゃんは、家族で一番偉いんだって、いつも言ってた。時々、そんなの嘘だって感じたけど、一所懸命なお母ちゃんに悪くって言えなかったよ。死んでからだって、ずっとそうだったよ。そう思い込もうとして来たよ。それなのに、どうしちゃったんだよ、弥生と一緒になってから。お母ちゃんの気持、どうしてくれるんだよ‼　可哀相だと思わねえのかよ。何が偉いんだよ、今の親父なんて、ただの色ボケじじいじゃねえか!!」

その瞬間、徳利が飛んで来て、章造の額をかすった。

「おとうちゃんに謝れ!!」

弥生は、そう怒鳴って、章造に飛びかかり、両の拳でがむしゃらに彼の体を叩いた。はずみで後ろに倒れ込んだ彼は、呆気に取られて、されるままになっていた。

「あんたなんか何も解ってない!! おとうちゃんに謝れっ!! 謝れっ!! 謝れっ!!」

父が、章造から弥生の体を力ずくで離した。そして、体を抱え込み、落ち着かせようと静かに背を叩いた。それが合図のように、彼女は泣き出した。父は、なだめながら顔を上げた。章造と目が合った。

「すまなかったなあ、嫌な思いさせて。でも、好きなようにさせてくれ。もう、どうしようもねえ」

そう言って頭を下げる父を、章造は、みず知らずの人をながめるように見た。弥生が、しゃくり上げながら言った。

「おとうちゃんと私は、一緒になった時から、ずうっと二人一緒に余生を送ることに決めたの。邪魔しないで」

意味が解らずに呆然としている章造の肩に妹が手を掛け、促した。

「いこ。私たちの出る幕じゃないよ」

章造と妹は、立ち上がり、部屋を出た。襖を後ろ手に閉めながら振り返ると、父の体は、小さな弥生をすっぽりとくるんでいた。

旅館の新館と本館の間には川が流れていた。その上に架かる通路で、章造と妹は、長いこと流れる水を見降ろしていた。

「お兄ちゃん、たんこぶ出来てるよ」

「うん」

「人の恋路を邪魔しちゃ駄目だよ。犬に蹴られるよ」

「……馬だろ……」

そうだっけ、と妹は笑った。そして、章造のこぶを指ではじいて「馬の足跡」と言った。

「おれ、なんか、とんでもないことしちゃったような気がする」

「大丈夫だよ。私、遅かれ早かれ、こういう時が来ると思ってた。すっきりしたよ」

「でも、余生ってなんなんだろうな」

「さあ。弥生ちゃん、体弱いから、ずっとそのことが頭にあったんじゃないの？」

初耳だった。弥生は、色白で小柄だが、ぽってりとした肉付きが、とても健康的に見える。

「お兄ちゃんて、ほんと、何も知らないんだね。弥生ちゃん、あんまり心臓強くないんだよ。心房中隔とかいうとこが欠けてるって。生まれつきなんだって、あっちのお母さんが言ってた。でも、普通に生活してる分には何の問題もないらしいよ。弥生ちゃんの家が、お父ちゃんとの結婚に反対しなかったのも、弥生ちゃんに好きにさせてあげたかったからじゃない?」

「すぐに、どうこうなるって病気じゃないんだろ? それなのに、余生だなんて」

「確かに大袈裟かもしれないけど、弥生ちゃんの中では、死っていうのが、いつも隣にあったんじゃないかなあ。お父ちゃんの中に、その近しさを見たんじゃないかなあ」

章造は、部屋を出る時に見た父と弥生の姿を思い出した。確かに、あれ程、彼女にとってぬくぬくした場所はないだろう。

「お兄ちゃんと喧嘩した時、私、お父ちゃんの味方だって言ったじゃん? 言い忘れてたけど、私、お兄ちゃんの味方でもあるから。誰かは、必ず誰かの味方でいなきゃ寂しいじゃん? お父ちゃんと弥生ちゃんは最強だよ」

妹の言葉に頷きながらも、章造は、父と弥生のあり方に慣れることは出来ないだろうと思う。謝るべきだと解っているのに、言葉が見つかりそうもない。

気まずいまま終わった温泉旅行から戻り、数日が過ぎても、章造は、父と弥生に連絡を取らなかった。電話をしなくては、と思いながらも気が進まない。二人が、あれ程楽しみにしていた旅行に水を差してしまったと後悔するたびにいたたまれなくなる。弥生は、まだ、怒っているのだろうか。

そんな思いを抱えて逡巡していた章造の仕事場に、ある日、弥生から電話があった。向こうから仲直りをしようとしている！　彼は、嬉しさのあまり、うわずった声で電話を受けた。ところが、聞こえて来たのは涙声だった。

「章ちゃん？　大変なことになったの。さっき連絡があって、おとうちゃんのとこの炉で事故があったって言うの。遺体の中の取り出し忘れてたペースメーカーが爆発して、作業員が何人か怪我をしたんだって。その中に、おとうちゃんもいるらしいの。加江ちゃんにも電話したんだけど、会社の用事で出てて、携帯もつながらないの。どうしよう……章ちゃん、おとうちゃん死んじゃう!!　もしそうなったら、私も死ぬから」

章造は、すぐに行く、と答えて、病院の場所を聞いた。先輩に話すと、すぐに早退の許可を出してくれた。事務所を飛び出して、章造は駅まで走った。冗談じゃねえ！　と彼は心の中で叫んだ。人間死んだら誰でも灰だ、という父の言葉が脳裏をよぎった。断片的な父の記憶が、浮かんでは消えた。そこに、何故か母の姿はなかった。考えてみれば、既に、父ひとりと接して来た年月の方が長いのだ。偉くなんかなくたっていい、と思った。まだ、灰になるのは早過ぎる。電車の走るのがいつもより遅いように感じて、もどかしくてたまらない。彼は、何度も舌打ちをくり返した。

病院の門をくぐり駆けて行くと、玄関口の前の広場のベンチに弥生が腰を降ろしていた。章造の姿に気付くと、おおい、と手を振った。その隣には、腕に包帯を巻いた父がいて笑っていた。

「章造は、昔から足が速かったよなあ。運動会でも一番だった」

「えー、章ちゃん、すごーい」

章造は、二人の会話を耳にして、力が抜けたようにふらふらと、同じベンチに座り込んだ。弥生が、彼の顔を覗き込んで言った。

「うふふ、やっぱ、おとうちゃん死んでなかった。でも、章ちゃん、仕事さぼれて良かったね」

怒鳴りつけたいような衝動をこらえて、章造は、押し黙った。電車の中の焦燥感を思い出すと、あまりの馬鹿馬鹿しさに泣きたいような気分だった。口をきく気力もなく、彼は、脱力感に身をまかせたままだった。

父と弥生は、そんな章造を気づかうでもなく、その場に自分たちしか存在しないかのように、指を絡ませ合っていた。嫌でも目に入るその仕草をながめながら、彼は、いい気なものだ、と思った。もう、この人たちはどうでもいい。そう心の中でひとりごちて目を閉じようとすると、弥生がぽつりと呟いた。

「おとうちゃん死んだら、私も死んじゃうんだから」

また言ってるよ、と聞き流そうとしたが、父がこう続けたので、章造は耳を疑った。

「おめえが死んだら葬儀に出んといけんけえのう。ほにゃあ焼いてやれんどう。それが、ぼっけえ、つれえとこじゃのう」

ほにゃあ？　確か、骨は、という意味だ。どうしたというのだ。息子の自分ですらほとんど耳にしたことのない郷里の言葉を父は使っている。東京の下町生まれの母とは、アクセントの違いこそあれ、標準語で口をきいていたのに。父が郷里の言葉を話すのを聞いたのは、昔、親戚が遊びに来て以来だ。

「私の骨、拾うだけで我慢して。私も、おとうちゃんの骨、拾うだけで諦める」

弥生が、そう言うと、再び父が返す。

「お互いのほにょう拾い合いていけど、そげんこたあ、かなわん夢じゃけいのう」

「そうじゃろう？」

弥生まで、そんな方言を使い、その後に章造を横目で見て、照れる。

「へへへ、おとうちゃん、教えてくれた」

もういい。章造は、溜息をついた。あんたたちで好きにすればいい。呆れてしまって言葉もない。一刻も早くここを立ち去りたい、と感じた。いとまを告げようと、顔を上げると、包帯から出た父の指と弥生の指が絡み合うのが、またもや目に入る。芽ぶいたばかりの木々の隙間から落ちる春の陽の下、二人の指の間には、もう既に拾い上げたものがある。錯覚かと目をこらした瞬間、章造は、昔書いた作文を唐突に思い出して、おかしくなる。やはり、妹の言うように自分は嘘つきだった。けれども、何故だろう、その冒頭の一文を書き直す気が、どうしても、起きないのだ。

初出

「間食」文學界二〇〇四年一月号
「夕餉」文學界二〇〇四年四月号
「風味絶佳」文學界二〇〇四年七月号
「海の庭」文學界二〇〇四年十月号
「アトリエ」文學界二〇〇五年一月号
「春眠」文學界二〇〇五年四月号

あとがき

世に風味豊かなものは数多くあれど、その中でも、とりわけ私が心魅かれるのは、人間のかもし出すそれである。ある人のすっくりと立った時のたたずまい。その姿が微妙に歪む瞬間、なんとも言えぬ香ばしさが、私の許に流れつく。体のすべての器官を使って、それに触れて味わおうとする時、私は、自分の内に、物書き独特の欲望が湧き上がるのを感じる。食欲とも性欲とも知識欲とも異なる、あえて名付けるなら描写欲とでも呼びたいような摩訶不思議な欲望。

それを喚起する人々はあちこちに存在していて、けれども決して自らを主張したりしないので、こちらの気づかぬ内に通り過ぎてしまうこともある。見逃がしてしまうなんて、そんなの、あまりにももったいないじゃないか！　そう感じて歯ぎしりをしそうになる時、私の小説の輪郭は立ち上がる。そして、描写欲の手助けをしようと、待ち受けるのである。

日頃から、肉体の技術をなりわいとする人々に敬意を払って来た。いつか私自身にも技術と呼べるものが身に付いたら、その人たちを描いてみたいと思っていた。今なら大丈夫かもしれない、と感じて書き始めたのが、この小説集だ。職人の域に踏み込もうとする人々から滲む風味を、私だけの言葉で小説世界に埋め込みたいと願った。

それが大それたことだったと気付いたのは、最初の一編を書き始めてすぐの頃である。普段、あまり接点のない仕事に携わる人々は、なかなか、私の世界にやって来てくれないのである。途方に暮れた。あれこれと長い間思い悩んだ。そして、出した結論。敬意を払うだけでは駄目なのだ。とことん好きにならなくては。敬意だけでは恋にならない。そして、小説は、私にとって、ままならない恋そのものである。まっとうしてやる。そう思った。以来、私は、好き好き好き、と登場人物に言い続けた。しつこく、しつこく追いかけてくり返した。好き好き好き。すると、どうだろう、登場人物が、私の許に近付いて来たではないか。嬉しい！　でも、まだ油断出来ない。もっと続けよう。好き好き好き。ほとんど念仏である。飽きる程、唱えていたら、呟く言葉が、いつのまにやら変わってた。好き好き、でも嫌い、やっぱり好き、でも嫌い。なるほど、好きなだけではいられないからこそ、恋。そう認めた瞬間、好き、嫌い、という言葉が、登場人物たちの風味を咀嚼する音に変わったのだった。思う存分味わった。そして、後味に残ったのは、彼らの人生の余韻。私は、幸福に置いてけぼりを食った。

今回の作品集で、お世話になった方々に心からお礼を言いたい。取材に応じて下さった各方面の方々、文學界の丹羽くん、出版局の高木くん、全面的にサポートしてくれた森くん、本当にありがとうございました。物書きになって二十周年の区切りに、こんなに贅沢に仕事をさせていただけたことには、なんと言って感謝をして良いのやら、やはり、好き好き好き、と伝えるしかない。

ところで、この本のゲラ刷りが届いたその日、父の長兄にあたる私の伯父の訃報が届いた。山田家の長老と呼ばれた人である。九十一歳の大往生だった。古書マニアだったその人は、私に、いつか自分の織田作之助と小林秀雄の全集の初版を譲ると言い残したまま逝ってしまった。整理することもかなわない膨大な書物の隙間で、私たちの約束は眠り続けることになるだろう。

通夜、告別式と出席して、私用のため、そのまま辞する予定だったが、何故か火葬場まで行かなくてはならないような気になり、他の人々に同行した。最後の別れに立ち会いたかったのはもちろんだが、ただ見たかった。何を？　と問われても言葉に詰まる。ただ見て、確認したかった。

火葬、拾骨が終わったのは夕方だった。会食予定の親族を次々と見送り、私は外にひとり残された。春にしては寒い風の吹く中、私は、煙草を吸いながら立ち尽くしていた。呼んだ筈のタクシーは、なかなか来ない。いったい、自分は、ここで何をしているのか、とおかしくなった。確認すべきものなど何もないまま、いっさいは滞りなく過ぎてしまったではないか。

その時、誰もいなくなってしまったホールから、若い従業員が飛び出して来て、寒いから中に入っていて下さい、と言った。そして、タクシーを迎えに走って行った。しばらく待っていると、彼は戻って来て、もうすぐだと思います、と告げて、また道路に走った。あまりにも一所懸命。それが何度かくり返されて、ようやくタクシーは来た。

車に乗り込む際、私は、その若い従業員の誠実な対応に感謝して頭を下げた。すると、彼も、帽子を取り、深々と御辞儀を返した。走り出した車の中で振り返って見ると、彼は、まだ頭を上げずにいる。あ、と私は思った。紺のブレザー、白い手袋。春の風。若き日の梅太郎がそこにいた。そのたたずまい。まさに絶佳。

山田詠美

著者略歴

1959年東京生まれ。
85年、「ベッドタイムアイズ」で文藝賞を受賞し衝撃的デビュー。
87年、「ソウル・ミュージック・ラバーズ・オンリー」で
直木賞、91年、「トラッシュ」で女流文学賞、2001年、
「A２Z（エイ・トゥ・ズィ）」で読売文学賞を受賞した。
著書に「ジェシーの背骨」「ハーレムワールド」「蝶々の纏足」「風葬の教室」
「ぼくは勉強ができない」「マグネット」「姫君」「PAY DAY!!!」など

風味絶佳《ふうみぜつか》

2005年５月15日　第１刷発行

著　者　山田詠美《やまだえいみ》
発行者　白幡光明
発行所　株式会社　文藝春秋
〒102-8008　東京都千代田区紀尾井町3-23
電話　03-3265-1211
印刷所　大日本印刷
製本所　加藤製本

万一、落丁・乱丁の場合は送料当方負担でお取替えいたします。
小社製作部宛、お送り下さい。定価はカバーに表示してあります。

ISBN4-16-323930-8

山田詠美の本

姫君

「聖なる残酷」に彩られた、
最高に贅沢な
愛と死のシミュレーション！

たとえ、自分が生と死の境に立っていようとも、
人は恋をする。なぜなら……

トラッシュ

トラッシュ缶に捨て去るには、
愛した記憶はいとおしく、
そして、あまりにも真実

人びとが織りなす愛憎の形を、
言葉を尽くして描いた渾身の900枚

女流文学賞受賞

文春文庫